Diogenes Taschenbuch 22538

Anne Fine

Das Oma-Projekt

Roman

Aus dem Englischen von Barbara Heller

Diogenes

Titel der 1983 bei
Methuen Children's Books Ltd.
erschienenen Originalausgabe:
›The Granny Project‹

Die deutsche Erstausgabe erschien 1990
im Diogenes Verlag
Umschlagillustration:
Norman Rockwell, ›The Outing‹,
1947 (Ausschnitt)

Veröffentlicht als Diogenes Taschenbuch, 1993

150/93/8/1
ISBN 3 257 22538 5

Ein Hausbesuch

Der Doktor hatte es nicht leicht mit der Familie Harris. Natürlich war er schon oft bei ihnen gewesen. Seit Jahren schon war er ihr Hausarzt. Er hatte miterlebt, wie die Kinder mit rot angelaufenen Gesichtern brüllend in ihren Gitterbettchen lagen, wie sie verzweifelt an ihren Windpocken kratzten und sich in dampfenden Badezimmern die Seele aus dem Leib husteten. Noch nie aber hatte er sie alle – und noch dazu gesund – in einem Raum beisammen gesehen. Der Lärm war grauenhaft. Sie saßen alle vier am Küchentisch, zwei Jungen und zwei Mädchen, und fraßen wie die Wölfe. Messer kreischten, Gabeln knirschten, die Teller klapperten gegen die Tischplatte. Es waren, wie der Doktor nach einem Augenblick verdutzten Nachdenkens erkannte, alles Teller zweiter Wahl, die sich beim Brennen verzogen hatten und zu Sonderpreisen abgegeben worden waren. Die Kinder störten sich weder am Geschepper noch daran, daß ihre Teller schrecklich wackelten. Sie hingen über dem Tisch und schlangen ihre Mahlzeit mit Höchstgeschwindigkeit hinunter. Das letzte Würstchen auf dem Teller des älteren Jungen wirbelte infolge einer heftigen Attacke auf den Boden, worauf er augenblicklich abtauchte und es mit seiner Gabel wieder aufspießte.

»Du brauchst dein Essen nicht mehr umzubringen. Es ist schon tot.«

Die schöne Natascha Dolgorowa, die diese Worte sprach, stand mit verächtlich distanzierter Miene an den Küchenschrank gelehnt.

Der Doktor seufzte. Man sollte es nicht glauben, dachte er bei sich, daß sie die Mutter ist. Sie benahm sich so, als habe dieser Stall voll Kinder nicht das mindeste mit ihr zu tun, als sei das alles nur ein verhängnisvoller Irrtum und nur auf diesen einen Tag beschränkt; als sei das Dach des Hauses in der Nacht davongeweht, und sie, eine exotisch-kühle, kinderlose Dame aus der Nachbarschaft, sei plötzlich gezwungen, sich der Kinder anzunehmen.

»Und vergiftet ist es auch nicht. Du brauchst es also nicht wieder auszuspucken.«

»Aber da sind Knorpel drin!«

»Psssst!«

Sie stieß ein so scharfes Zischen aus, daß der Doktor zusammenschrak. Hastig fuhr er fort, das Formular auszufüllen, das vor ihm lag.

»Osteoarthritis«, murmelte er vor sich hin und

kritzelte bereits das nächste freie Feld voll. »Beteiligung der Metacarpophalangen mit konsekutiver charakteristischer volarer Subluxation und ulnarer Deviation der Phalangen ...«

»Was?«

Henry Harris, der Vater der Kinder, der neben dem Gemüsekorb in Düsternis versunken war, wurde plötzlich äußerst mißtrauisch.

»Er meint, daß deine alte Mutter krumme Finger hat.«

»Aha.«

»Degenerative Veränderung der Cochlea ...«

»Und daß sie taub wird.«

»Stimmt.«

»Hirnminderleistung bei gleichzeitiger Verschlechterung der kognitiven Funktionen ...«

»Und außerdem verblödet.«

»Natascha!«

»Psssst!«

Der Doktor hielt den Kopf geflissentlich gesenkt.

»Sie ist aber noch schlau genug, um jeden Morgen allen anderen die Zeitung wegzuschnappen«, sagte Sophie.

»Was gibt es denn, was dich an einer Zeitung interessieren könnte?« wollte Natascha von ihrer älteren Tochter wissen.

»Alles mögliche. Themen für Projekte. Alles mögliche eben.«

Ihr Bruder Iwan lachte durch einen Mundvoll Pommes frites hindurch.

»Ich und Sophie, wir interessieren uns für alles«, sagte er, »jetzt, wo wir Sozialkunde haben. Kriminalität, Gewalt, korrupte Polizeibeamte und Verbraucherschutz, Beziehungen zwischen den Rassen, Selbstmordraten, Sexualstatistiken –«

»Pssst!« zischte Natascha Dolgorowa ihren Sohn an, der grinsend den dunklen Schopf zurückwarf und in aller Ruhe fortfuhr, den Ketchuprest aus seinem Teller mit einem Stück Brot aufzutunken.

»Projekte! Du lieber Himmel! Was ist denn das für eine Schule! Ich werde euch herausnehmen! *Projekte*!«

»Eine spezifische Gehbehinderung besteht nicht, wenn ich es recht sehe.«

»Das faule, alte Frauenzimmer kann durchaus noch gehen. Sie muß nur richtig Hunger haben.«

Der Doktor fuhr zusammen.

»Eigentlich ist es mehr ein Schlurfen«, sagte Sophie.

»Ja, weil sie mir meine Hausschuhe gestohlen hat«, wandte sich Henry klagend an den Doktor. »Sie sind ihr ein paar Nummern zu groß.«

»Irgendwelche diätetischen Maßnahmen?«

»Die Frau kann *alles* essen.«

Die tiefe Verachtung in Nataschas Stimme war nicht zu überhören.

»Das stimmt«, mußte Henry Harris zugeben.

»Letzte Woche hat sie die Blätter von Sophies Geranie gegessen«, stichelte Iwan. »Und Nicholas und Tanja haben sie heute früh dabei erwischt, wie sie Daunenfedern kaute.«

»Wirklich?« fragte Natascha die beiden jüngeren.

»Ein paar«, wiegelte Nicholas ab.

»Eine ganze Menge!« übertrieb Tanja.

»Na, bitte! Gierig und verblödet ist sie, weiter nichts!«

»Natascha! Bitte!«

»Und was ein Kopfkissen *kostet*, dürfte sie ja wohl wissen!«

»Schschsch.«

»Selber *psssst*, Henry Harris! Schließlich ist sie nicht *meine* Mutter!«

Der Doktor blätterte die vollgeschriebene Seite um und merkte plötzlich, daß das Formular zu Ende war. Sein Gesicht hellte sich ein wenig auf, und er bemerkte: »Auch eine Manifestation der erwiesenen Versatilität des menschlichen Gastrointestinaltrakts, wenn man so will.«

»Das sag' ich doch«, warf Natascha Dolgorowa ein. »Die Frau kann alles essen.«

Der Doktor erhob sich. Er klopfte auf die Formulare.

»Ich werde dafür sorgen, daß die an die richtige Adresse kommen«, sagte er. »Aber da im Moment nichts Akutes vorliegt –« Er fing einen bösen Blick von Sophie auf und verbesserte sich eilig: »Da Mrs. Harris im Augenblick nicht direkt *krank* ist, kann es noch etwas dauern. Aber ich werde mein möglichstes tun.«

Das Geklapper hörte auf, die Kinder hoben die Köpfe und sahen den Doktor an. Dann fragte Iwan:

»Was kann noch etwas dauern? Was meint er damit? Denkt ihr etwa daran, Granny in ein Heim zu stecken?«

»Das Denken haben wir schon hinter uns«, beschied Natascha ihn. »Es ist beschlossene Sache.«

»Dad?«

Henry Harris errötete.

»Dad?«

»Eure Mutter und ich finden, daß Granny zu einer enormen Belastung geworden ist«, begann er.

»Ihr werdet Granny doch nicht *fortschicken*?«

»Noch ist nichts *entschieden*«, sagte Henry Harris unsicher. »Macht euch mal keine Sorgen. Wir werden sehen.«

Natascha warf das schmutzige Geschirr ins Spülbecken.

»Шипа в мешке не утаишь«, sagte sie düster.

»Was? Was hat sie gesagt? Dad, was hat sie gesagt? Wie war das?«

Die Panik hatte Tradition. Nataschas Sprichwörter waren berüchtigt.

Manchmal kam es Harry vor, als sei das einzige, was seine Frau mit sich genommen hatte, als sie sich in den Westen absetzte, ein schier unerschöpflicher Vorrat an rätselhaften Sprichwörtern.

»Was heißt das, Dad?«

»Nichts.«

»Dad!«

Henry Harris senkte beschämt den Kopf und übersetzte:

»Spitze Nägel kann man nicht in einem weichen Stoffbeutel verstecken.«

Das Oma-Projekt

Die Kinder hielten ihre Versammlung im hinteren Teil der Garage ab. Sophie überließ Iwan den bequemen Reifen und nahm auf der umgedrehten Kiste Platz, Tanja und Nicholas ließen sich auf der Kühlerhaube des Autos nieder.

»Erste Frage«, sagte Iwan. »Macht es uns was aus?«

Vier Hände fuhren hoch.

»Zweite Frage«, sagte Iwan. »Glauben wir, wir können es verhindern?«

Wieder streckten sich vier Hände in die Luft.

»Dritte Frage«, sagte Iwan. »Wie?«

Es folgte eine Pause, die jedoch nicht lange währte. Tanja schlug vor, sie sollten möglichst oft in Tränen ausbrechen und schreiend aus Alpträumen erwachen, in denen Granny hungernd und einsam an ein eisernes Anstaltsbett gefesselt lag und sich nach ihnen sehnte. Iwan sprach von einem Streik: Sie würden keine Kohlen mehr holen, kein Geschirr mehr spülen und sich weigern, Einkäufe zu machen. Nicholas meinte, der Streik müsse viel weiter gehen. Sie sollten nicht mehr sprechen, außer miteinander und mit Granny, so lange, bis die elterlichen Pläne ein- für allemal vom Tisch seien. Sophie schwieg, in angestrengtes Nachdenken versunken, bis den anderen die Ideen ausgingen und sie sich ihr zuwandten.

»Und du, Sophie?« sagte Iwan. »Was meinst du?«

»Hört zu«, sagte Sophie. »Dieses Schwerpunktthema, das wir letzte Woche durchgesprochen haben –«

»In Sozialkunde?«

»Ja.«

»Was ist damit?«

»Du und ich, Iwan, wir bilden ein Team. Wir arbeiten zusammen und machen ein Gemeinschaftsprojekt, ein doppelt so langes.«

»Worüber?«

»Der alte Mensch und die Gesellschaft.«

Iwan begann zu grinsen, Tanja und Nicholas sahen verständnislos drein. Sophie fuhr fort:

»Den ganzen statistischen Kram bekommen wir aus Zeitungen und Nachschlagewerken. Das haben wir schnell zusammen. Aber die Hälfte des Projekts, mindestens die Hälfte, wird eine höchst anschauliche, ungeschminkte Beschreibung –«

Iwan unterbrach:

»Einer ganz bestimmten Familie!«

»Eine Darstellung der grundlegenden Aspekte –«

»Merkmale –«

»*Und* Probleme«,

»Der wirtschaftlichen«,

»Sozialen«

»Und psychosozialen –«

»Zwänge, die dem zunehmenden Trend zugrunde liegen, –«

»Alte, –«

»Nicht mehr funktionsfähige! –«

»Angehörige aus der Familie auszugliedern«

»Und sie –«

»Zusammen mit ihresgleichen«

»In Altersheime umzusiedeln!«

»Eine *detaillierte* Fallstudie«

»Einer spezifischen –«

»Familiendynamischen –«

»Konstellation, am Beispiel –«

»Der Familie *Harris*!«

»Genau.«

»Bravo, Sophie! Bravo, bravo!«

Iwans Augen leuchteten. Sophie war sichtlich stolz auf sich. Tanja und Nicholas, auf verlorenem Posten, da sie nichts von alledem verstanden, fingen an sich zu beklagen.

»Und was ist mit uns?«

»Wir können schließlich nichts dafür, daß wir noch keine Sozialkunde haben.«

»Ihr beide«, sagte Sophie, »sorgt dafür, daß der Druck nicht nachläßt. Jeder zwei Tränenausbrüche pro Woche, ohne Erklärung, und einmal in der Woche einen fürchterlichen Alptraum, aber kein Wort über Granny, höchstens eine kleine Andeutung. Nicht mehr, keinerlei Einzelheiten. Keine hungernden, an eiserne Bettstellen gefesselten alten Damen, Tanja. Nur Tränen und schleichenden Ängste. Iwan und ich werden uns trotz der Arbeit am Projekt die Zeit nehmen und vor euren Auftritten mit euch proben –«

»Und wir werden einen Zeitplan für euch aufstellen –«

»Den wir mit unserem koordinieren«,

»Um ein Maximum an Wirkung zu erzielen.«

»Genau!«

Tanjas Gesicht hellte sich augenblicklich auf, ihre Würde war wiederhergestellt. Insgeheim begann sie bereits, ihren ersten hochdramatischen, nächtlichen Anfall von Hysterie zu planen. Nicholas dagegen ließ sich nicht so leicht beschwichtigen und meinte mißmutig:

»Ich glaube immer noch, ihr beide wollt Tanja und mich da raushalten, nur weil wir jünger sind.«

»Wie meinst du das?«

»Na, all die vielen *Wörter*, für eine einzige Sache!«

»Das sind eben Sozialkunde-Wörter.«

»Und was *ist* Sozialkunde?«

»Ach, all solches Zeug eben.«

»*Was* für Zeug?«

»Alles mögliche. Ziviler Ungehorsam, Wahlverhalten, Einstellungen zu Vergewaltigungen und Altglas-Recycling und Abtreibung, Konsumverhalten von Teenagern, Ursachen städtischer Fehlentwicklung und Untertemperatur bei Rentnern. Zusammenhänge zwischen Vandalismus in öffentlichen Anlagen und hoher Arbeitslosigkeit. All solches Zeug eben.«

»Und warum heißt es dann Sozialkunde?«

»Man kann es ja nicht einfach *Zeug* nennen«, meinte Sophie.

Ein Kranz für Harry Rowe

Als Henry Harris am Abend mit den sechs leeren Milchflaschen durch die Diele ging, stieß er mit seiner Mutter zusammen, die rückwärts aus ihrem Zimmer geschlurft kam.

Mrs. Harris lächelte erfreut, als sie so unerwartet ihrem Sohn begegnete. Sie trug einen abgelegten Morgenrock von Henry, den sie in der Taille mit dem geblümten Gürtel eines ihrer besten Kleider aus dem Dritte-Welt-Laden lose geschnürt hatte. Ihre Füße steckten in Henrys Hausschuhen und wurden von breiten braunen Gummibändern festgehalten, wie sie der Briefträger zuweilen vor der Haustür liegenließ. Unter ihrem Arm klemmte die Morgenzeitung, und auf dem Kopf trug sie einen Vorkriegs-Federhut, der heftig mauserte.

»Na, Mutter«, sagte Henry Harris, »was machst du denn hier noch so spät am Abend?«

Mrs. Harris kramte angestrengt in ihrem Portemonnaie.

»Ich will einen Kranz für Harry Rowe kaufen«, vertraute sie ihm an.

»Er ist doch noch gar nicht tot.«

»Und auf die Karte schreibe ich eure Namen.«

»Aber er *ist* nicht tot.«

»Es soll ein schöner Kranz werden.« Mrs. Harris wühlte weiter zwischen ihren Münzen. »Für fünfzehn Shilling ungefähr?«

»Keinen Kranz, Mutter. Vielleicht ein paar Blumen. Es ist immerhin nicht ganz unmöglich, daß er sich ein wenig unwohl fühlt...«

»Ich möchte lieber einen Kranz, Henry. Ich suche einen schönen aus.«

Henry sah durch die Haustür in die pechschwarze Nacht hinaus. Er überlegte kurz, ob er die Schlacht an einer anderen Front eröffnen sollte, nämlich mit dem Hinweis darauf, daß der Blumenladen längst geschlossen war, doch dann beschloß er, sich nicht weiter darauf einzulassen.

»Du *kannst* Harry Rowe keinen Kranz schicken, solange er noch lebt.«

»Vielleicht ein hübsches Gebinde in Kreuzform?«

»Ich besorge es für dich.«

Henry seufzte tief, klemmte sich zwei der Milchflaschen unter den linken Arm, stülpte eine dritte über den kleinen Finger und streckte die freie Hand aus. Mrs. Harris überreichte ihm erfreut und erleichtert ihre perlenbestickte Börse und schlurfte in ihr Zimmer zurück.

Henry ging nach draußen und zog die Haustür unter größter Selbstbeherrschung leise zu. Er stellte die Flaschen auf die Stufen, schlich um die Hausecke herum und kletterte durch ein Küchenfenster wieder in das Haus zurück. Als er auf Zehenspitzen durch die Diele ging, vorbei an der geschlossenen Tür zum Zimmer seiner Mutter, erblickte er Iwan, der auf der Treppe saß und etwas in ein hellgelbes Heft schrieb.

»Solltest du nicht längst im Bett sein?« fragte er. »Was machst du denn da?«

»Ich mach' mir nur ein paar Notizen«, erklärte Iwan. »Für ein Projekt. Wie schreibt man Rowe? Mit e am Ende?«

Statistik

Sophie saß neben Iwan in ihrem Zimmer auf dem Boden, mit dem Rücken gegen die Tür gelehnt, das hellgelbe Heft auf den angezogenen Knien aufgeschlagen vor sich. Sie kaute eine Weile nachdenklich an ihrem Bleistift und begann dann zu schreiben:

Bis vor kurzem wurden alte Leute, die das Glück hatten, Kinder zu haben, in den meisten Fällen bis zu ihrem Tod in der Familie versorgt. Durch verschiedene soziale Veränderungen, zum Beispiel

Sophie hielt inne und murmelte dann, voll Ungeduld voranzukommen:

»Zum Beispiel Strich, Strich, Strich und Strich«, während sie schrieb:

(______, ______, ________ und ______),

entstand eine völlig neue Situation. Die Statistik zeigt, daß der Anteil der Menschen über ___ Jahre in Großbritannien aufgrund von

»Strich, Strich, Strich und Strich«

______, ______, ________ und ______

stetig zugenommen hat, von ___% im Jahre 19___ auf ___% heute. Die Zahl der Altenheime ist ebenfalls gestiegen. 19___ wurden ___% der

Menschen über __ Jahre zu Hause betreut, während 19__ nur noch knapp __% bei ihren Familien lebten.

»So kannst du das nicht sagen«, meinte Iwan. »Da fühlen sie sich nur bestätigt.«

»Stimmt.«

Sophie strich den gesamten letzten Satz durch. Sie überlegte einen Augenblick und schrieb dann:

Trotz der unbestreitbaren Schwierigkeiten aber, die mit der häuslichen Pflege alter Menschen verbunden sind, leben in Großbritannien noch immer __% der __'000 über __jährigen in der Geborgenheit der eigenen Familie.

»Das ist besser«, sagte Iwan und fuhr fort, sich zu notieren, wo Sophie Lücken gelassen hatte, die er in der Stadtbücherei für sie würde schließen müssen.

Sophie schrieb weiter:

Das Zusammenleben mit einem alten Menschen wirft Legionen von Problemen auf.

»Nein«, sagte Iwan, »so denkt man, du hättest es aus einem Buch abgeschrieben.«

»Ein Heer von ...?«

»Nein.«

»Myriaden von ...?«

»Sei nicht albern, Sophie. Das ist ja *noch* schlimmer!«

Sophie zog also einen Strich durch ihren letzten Satz und schrieb statt dessen:

Natürlich bringt das Zusammenleben mit einem alten Menschen zahlreiche Probleme mit sich.

»Schon besser«, sagte Iwan.

Mit diesen Problemen befaßt sich unser Projekt, und zwar unter wirtschaftlichem, sozialem, emotionalem, physischem, medizinischem,

»Strich, Strich, Strich und Strich«, soufflierte Iwan.

———, ———, ————— und ——— Aspekt.

schrieb Sophie.

Durch die Untersuchung dieser Probleme hoffen wir herauszufinden, was sich hinter dem beobachteten statistischen Trend verbirgt. Wir konzentrieren uns dabei auf eine ganz bestimmte Familie,

»Die Familie Harris.«

die Familie Harris, weil die Phalanx der Probleme, von denen hier die Rede ist,

»Sophie . . .«

weil viele der Probleme, von denen hier die Rede ist, in dieser Familie besonders deutlich werden.

Sophie legte den Bleistift nieder.

»Das reicht fürs erste«, sagte sie. »Bis du von der Stadtbücherei zurückkommst. Vielleicht findest du etwas, das wir noch nicht wissen und irgendwo einbauen müssen.«

»Alles klar.«

Iwan zog seine Schuhe an und ging seine Lesekarte holen.

Als Sophie allein war, schlug sie unter *Phalanx* im Wörterbuch nach.

»Schade«, murmelte sie vor sich hin. »Ein Jammer.«

Erste Jugendblüte

Natascha säuberte den Teppich rund um Mrs. Harris' Lehnstuhl und murmelte dabei die schwärzesten Verwünschungen, die sie einst auf den Knien ihrer bäuerlichen Großmutter gelernt hatte. Hysterisch fegte sie verbrannte Toastkrümel von einem Ende des Teppichs zum anderen. Iwan fuhr mit dem Staubtuch beflissen um das bunte Durcheinander von Nippesfiguren auf der Frisierkommode herum. Mrs. Harris saß gelassen da, das schlohweiße Haar in einer frischgewaschenen Wolke um das faltige Gesicht, die Katze schlummernd auf dem Schoß.

»Ich brauche dringend Arbeit«, erklärte sie.

»Möchtest du für den Anfang nicht vielleicht dein Zimmer saubermachen?« fragte Natascha mit einem leicht gereizten Unterton.

»Kommt nicht in Frage«, meinte Mrs. Harris, »nicht, solange ich euch beiden dabei zusehen kann.«

Iwan grinste. Natascha tat, als habe sie die Worte nicht gehört. Nach einer Weile sagte Mrs. Harris:

»Ich habe dein Geschenk auf die Frisierkommode gelegt, Liebes.«

Iwan sah, daß kein Geschenk auf der Frisierkommode lag. Natascha fragte überrascht:

»Was für ein Geschenk?«

»Dein Geburtstagsgeschenk.«

»Ich habe heute nicht Geburtstag.«

»Heute ist doch der vierte Mai, oder?«

Natascha blickte aus dem Fenster in den dichten Novembernebel hinaus und überlegte. Sie konnte ja sagen. Sie konnte auch nein sagen.

»Ja.«

»Dann hast du heute Geburtstag. Herzlichen Glückwunsch, Liebes.«

»Danke.«

»Ja, herzlichen Glückwunsch, Mum«, sagte Iwan.

»Ерунда!«

Natascha stützte sich auf den Besenstiel. »Wenn es dir nichts ausmacht«, sagte sie zu Mrs. Harris, »packe ich es später aus.«

»Ist gut, Liebes.«

Flüsternd, so daß nur Iwan es hören konnte, setzte sie hinzu:

»Am siebenundzwanzigsten Juli.«

Sie fegte die Krümel in die Kehrichtschaufel. Mrs. Harris fragte:

»Welcher ist es denn, Liebes? Ich hab's vergessen.«

»Welcher was?«

»Welcher Geburtstag.«

»Ach so.« Natascha stand eine Weile da und überlegte. »Der siebzehnte«, entschied sie dann.

»Oh, tatsächlich, Liebes?« Mrs. Harris lächelte ihr liebevoll zu. »Siebzehn! Herrlich!«

Natascha strebte mit dem Besen und der Kehrichtschaufel der Tür zu.

»Siebzehn«, wiederholte Mrs. Harris leise. »Ist dir auch klar, daß die erste Jugendblüte bald vorbei ist?«

Ein Malheur

Natascha schleuderte das Bündel schmutziger Bettlaken neben der Waschmaschine auf den Küchenboden.

»Jetzt reicht's mir aber!« schrie sie. »Ein für allemal! Entweder *sie* geht, oder *ich* gehe!«

Die Kinder saßen starr wie Wachsfiguren um den Tisch. Henry legte seine Zeitung nieder und stand auf.

»Laß mich das machen«, sagte er, »ich bin sowieso dran.«

Er stopfte die verschmutzten, feuchten Wäschestücke eines nach dem anderen in die Maschine, und alle Kinder sahen ihm verstohlen zu. Er füllte Waschpulver und darauf eine größere Menge Desinfektionsmittel ein. Er ließ den Deckel zuschlagen und stellte das Waschprogramm ein. Das kleine rote Licht leuchtete auf, und die riesige, weißschimmernde Maschine erwachte mit einem Klicken zum Leben. Das Rauschen des einströmenden Wassers erfüllte die Küche, gefolgt von dem tröstlichen, beruhigenden Rumoren des kraftvoll arbeitenden Mechanismus.

»So, das hätten wir!« sagte Henry.

Die Kinder beugten sich wieder über ihre Eiscremeteller.

Natascha warf sich gegen die Tür des Küchenschrankes. »Herr im Himmel!« rief sie und trommelte mit geballten Fäusten gegen das Holz. »Dieses widerliche alte Frauenzimmer! Herr im Himmel.«

»Es gibt Spezialbettücher«, sagte Henry. »Für den Fall, daß so etwas ernsthaft zum Problem wird. Ich werde mich mit der Sozialarbeiterin in Verbindung setzen. Gleich morgen früh rufe ich an und erkundige mich, Liebling, ich versprech's dir.«

Sie ließ sich von ihm zu einem Stuhl führen. Eine Weile saß sie mit verzerrten Zügen reglos da; dann ließ sie den Kopf auf die Arme sinken und begann zu schluchzen.

Die Kinder standen, sobald sie mit dem Essen

fertig waren, eines nach dem anderen auf und verließen die Küche. Die große Plastik-Eiscremepackung stand noch halbvoll im Ausguß, doch niemand wollte mehr davon. Tanja und Nicholas gingen ins Wohnzimmer und stellten den Fernsehapparat an. Iwan verließ das Haus, und Sophie ging die Treppe hinauf in ihr Zimmer. Sie schloß sorgsam die Tür, nahm das hellgelbe Heft aus ihrer Schreibtischschublade und ließ die Blätter durch die Finger gleiten, bis sie die Seite fand, die sie mit *Physische Probleme* überschrieben hatte.

In die erste freie Zeile schrieb sie: *Außerplanmäßiges Bettbeziehen.* Und darunter: *Verschmutzte Bettwäsche.*

Sie empfand es wie einen Verrat an ihrer Mutter, als sie die Worte niederschrieb, und war nahe daran, sie wieder auszuradieren.

Nicholas' Alptraum

Nicholas wachte davon aus, daß Iwan ihn anstieß. Er wollte sich augenblicklich wieder in die warmen Decken und in den Schlaf zurückkuscheln, doch Iwan ließ nicht locker und grub seine Finger in Nicholas' Schulter.

»Okay«, murmelte Nicholas, »okay.«

»Also, paß auf«, warnte Iwan ihn, »übertreib nicht. Halt dich ans Drehbuch. Granny. Schreien. Mehr nicht. Alles klar?«

»Okay!«

»Schschsch!«

Iwan schlich hinaus und ließ die Tür einen Spalt breit offen, gerade so weit, daß der Lärm im ganzen Haus zu hören sein würde. Nicholas wartete noch einen Augenblick, bis sein Bruder wieder wohlbehalten in seinem eigenen Zimmer angelangt war, und begann dann zu schreien, unsicher erst, dann zunehmend engagiert und inbrünstig.

Betten knarrten, Türen schlugen, und Nicholas schrie und schrie.

Natascha stürmte barfuß in sein Zimmer und riß ihn in ihre Arme. »Nicky«, rief sie, »Nicky!«

Er klammerte sich an sie, und sie drückte ihn noch fester an sich, so heftig, daß es ihm den Atem aus dem Mund preßte. Sie wiegte ihn hin und her, beruhigte ihn, rieb ihm den Rücken. »Nicky. Nicholas. Schschsch, Nicky. Nicky!« Sie fuhr mit der Hand unter seine Schlafanzugjacke und strich ihm das Rückgrat auf und nieder. Es fühlte sich so warm und tröstlich an, daß er wieder in Schlaf gesunken wäre, wenn sie ihn nicht gefragt hätte:

»Was ist? Was hast du? Hast du schlecht geträumt?«

Er nickte und kuschelte sich enger an sie. Ihr Nachthemd roch nach Seife.

»Waren es Bären? Wölfe? Oder Soldaten? Wer wollte meinem Nicholas etwas antun? Komm, sag's mir.«

»Granny.«

»Granny? Granny wollte dir etwas tun? Das kann doch nicht sein!«

»Sie wollte mir nichts tun. Sie hat *geweint*. Ganz große Tränen. Riesengroße, dicke Tränen.«

Natascha wiegte ihn hin und her, hin und her und streichelte unablässig seinen Rücken.

»Granny schläft. Sie schläft wie ein Baby. So, wie *du* jetzt schlafen solltest.«

»Aber sie hat *geweint*!«

»Ja, manchmal ist das Leben traurig.«

Plötzlich stiegen in Nicholas Fragen auf. Doch er hatte Iwan versprochen, daß er sich an das Drehbuch halten würde, und so sagte er nur noch einmal:

»Aber sie hat *geweint*.«

»Sie hat also geweint«, sagte Natascha. »Im Leben gibt es eben Dinge, die zum Weinen sind. Жизнь прожить – не поле перейти.«

»Was?« fragte Nicholas. »Was hast du gesagt?«

»Schlaf jetzt.«

»Was hast du gesagt?«

»Жизнь прожить – не поле перейти«, wiederholte Natascha. »Das Leben zu leben ist nicht so einfach, wie über ein Feld zu gehen.«

Und während sie ihn unablässig wiegte, driftete Nicholas in den Schlaf zurück, über ein weites Feld hinweg.

Demokratische Rechte und Pflichten

»Was sagst du, Mutter will wählen gehen? Sie hat nicht mehr gewählt, seit sie bei uns lebt!«

Henry Harris, zermürbt von einem unbefriedigenden Schultag und zutiefst niedergedrückt bei dem Gedanken an die künftige Regierung, klatschte der Reihe nach Kartoffelbrei in großen Klumpen auf die Teller und gab sie an Natascha weiter. Natascha starrte jeden Teller an, als sähe sie Kartoffelbrei zum erstenmal, schöpfte Eintopf darauf und reichte dann die Teller rasch an Iwan weiter, der sie rings um den Tisch verteilte, so lange, bis die beiden letzten wieder bei seinen Eltern landeten.

»Sie *kann* nicht wählen.«

Henry Harris erhob die Stimme, um Nicholas' und Tanjas Gezänk um den Pfefferstreuer zu übertönen und bis ans Tischende durchzudringen, wo Mrs. Harris kerzengerade auf ihrem Stuhl saß und

Kartoffelbrei verzehrte, angetan mit ihrem Ausgehmantel und auf dem Kopf den schütteren Federhut.

»Du kannst nicht wählen, Mutter«, verkündete Henry.

Iwan warf Sophie über den Tisch einen raschen, warnenden Blick zu, doch sie hatte sich schon leicht zurückgelehnt und machte sich bereit. Unter dem Tisch streckte Iwan einen Fuß aus und berührte seinen Bruder sanft am Schienbein. Nicholas unterbrach augenblicklich seinen Streit mit Tanja und rückte seinen Stuhl ein wenig näher an den Tisch, um Sophie Deckung zu geben, die unter der Tischplatte verstohlen anfing, in das gelbe Heft zu schreiben, während Henry Harris in herausforderndem Tonfall wiederholte:

»Du kannst nicht wählen, Mutter, und damit basta.«

Alle sahen zu Mrs. Harris, während sie, ganz konzentriert auf ihre neuen Zähne, die offensichtlich dazu neigten, ihr im Mund herumzurutschen, fortfuhr, Fleisch und Kartoffelbrei zu essen.

»Wählen will sie!« triumphierte Henry, »sagt doch selbst: Das ist doch sinnlos. Völlig sinnlos. Sie hat doch schon kurz vor der Suezkrise jedes Verständnis für die tieferen Zusammenhänge der britischen Politik verloren. Seit Jahren ist sie nicht mehr wählen gegangen, nicht einmal, als ich sie darum gebeten habe, 1970 und 1979. Und jetzt will sie plötzlich wählen? *Lächerlich*!«

Als er ringsum die tief mißbilligenden Mienen sah, dehnte er seine Attacke auch auf sie aus.

»Wer hat ihr denn davon erzählt? Wer von euch war so dumm, ihr zu *sagen*, daß heute Wahlen sind?«

»Vor ihrem Fenster ist ein großes Schild. *Zum Wahllokal* steht drauf«, erklärte Tanja kühl.

»Ach ja, tatsächlich?«

Henry sah aus, als wolle er im nächsten Augenblick hinausstürzen und das Schild abreißen.

Natascha sagte:

»Man kann von Glück sagen, wenn man in einem Land lebt, wo es eine Rolle spielt, ob man wählen geht oder nicht. Wenn deine alte Mutter also wählen will, dann soll sie's tun.«

»Aber warum *sollte* sie denn wählen?« Henry schrie fast. »Sie hat doch nicht die leiseste Ahnung von den aktuellen Problemen!«

»Den aktuellen Problemen!« spottete Natascha. »Seit wann geht es denn bei den britischen Parlamentswahlen um die aktuellen Probleme? Das wäre ja das Neueste!«

Henry lief scharlachrot an.

»Also, *ich* gehe jedenfalls nicht mit ihr hin«, erklärte er. »Kommt nicht in Frage. Im Grunde will sie ja auch gar nicht. Es ist eiskalt draußen, daran hat sie nicht gedacht. Das Ganze war nur so ein Spleen von ihr. Was kümmert es sie schon, wer an die Macht kommt; Rentner sind heutzutage sowieso heilige Kühe. Ich würde es ja noch verstehen, wenn sie Zeitung lesen würde. Das tut sie aber nicht. Sie geht im Morgengrauen raus, schnappt sich die Zeitung, bevor irgendeiner von uns auf den Beinen ist, klemmt sie sich unter den Arm, und da bleibt sie dann die nächsten Tage. *Lesen* tut sie sie nie, soweit ich ihren Äußerungen entnehmen kann. Sie hat keine Ahnung, was in der Welt passiert, und ich bezweifle stark, daß sie weiß, wer zur Zeit Premierminister ist. Es ist völlig sinnlos, weiter darüber zu diskutieren. Sie denkt sowieso schon längst nicht mehr daran. Sie soll den Mantel wieder ausziehen und diesen grauenhaften Federhut abnehmen, sich hinsetzen und sich das Ganze im Fernsehen anschauen, wie sonst auch. Wählen, mit siebenundachtzig Jahren! Du lieber Himmel! Ich würde ja nichts sagen, wenn sie nicht *senil* wäre, aber so ... Sie soll –«

Als ihr Sohn an diesem Punkt seiner Tirade angelangt war, hörte Mrs. Harris auf, an dem großen Stück Fleisch zu kauen, das ihr zu schaffen machte. Sie rückte ihre neuen Zähne wieder in die angenehmste Position, und ihre Ohren taten sich auf wunderbare Weise genau in dem Moment auf, als er sagte:

»Sie soll wieder in ihr schönes, warmes Zimmer gehen und dort bleiben!«

»Nein, nein, mein Lieber«, sagte Mrs. Harris, »nicht heute abend. Lieb von dir, daß du dich um mich sorgst, aber ich bin warm genug angezogen.«

»Mutter –«

»Henry! Es ist mein demokratisches Recht und meine Pflicht, zu wählen.«

Sophie war so verblüfft, daß sie aufhörte, unter dem Tisch zu schreiben, und wie die anderen ihre Großmutter anstarrte.

Natascha lachte.

Henry brütete finster vor sich hin.

»Lach du nur«, zischte er leise. »Dir ist es doch egal, was andere denken! Man könnte meinen, du hättest Nowosibirsk nie verlassen, so wenig kümmert es dich, was in der Bonnington Road vor sich geht!«

Bonnington Road – ein Bollwerk der Demokratie

Das Wahllokal war in der Grundschule. Als Sophie und Iwan fragten, ob sie mitkommen dürften, dachte Henry nichts weiter, als daß sie eine Art nostalgischer Pilgerfahrt planten. Das hellgelbe Heft, das seine Tochter unter den Arm geklemmt trug, als sie vor ihm durch das Schultor schritt, bemerkte er nicht.

»Bonnington Road – ein Bollwerk der Demokratie!« spottete Henry. Am Arm führte er seine Mutter, die mit einiger Mühe in den viel zu großen Filzpantoffeln über die glatten Fliesenböden schlurfte und blaue Federn auf die pflichtbewußten Bürger hinter ihr herniederregnen ließ.

Der Wahlvorsteher hörte es zufällig, als er auf dem Weg von den Toiletten zurück in die Aula an der kleinen Gruppe vorüberkam. Er zupfte sich eine blaue Feder vom Revers und blickte sich noch einmal argwöhnisch nach ihnen um – eine Person der Gruppe war eindeutig senil, zwei waren ebenso eindeutig noch nicht wahlberechtigt, der vierte war ein erklärter Anarchist. Für den Rest des Abends hatte der Wahlvorsteher ein Auge auf unbeaufsichtigte Taschen.

An der Pendeltür blieb Sophie stehen und stellte ein Paar feste Straßenschuhe vor Mrs. Harris hin.

»Willst du sie jetzt anziehen?« fragte sie ihre Großmutter. »Oder wählst du in deinen Hausschuhen?«

»In *meinen* Hausschuhen«, erinnerte Henry Harris jeden, der es hören wollte.

»Ich will's versuchen, Liebes«, sagte Mrs. Harris, »ich will's versuchen. Das Problem ist, daß sich meine Füße in diesen hier so ausgeweitet haben.« Und zu Henry gewandt, setzte sie leicht vorwurfsvoll hinzu: »Sie sind *viel* zu groß.«

»*Mir* passen sie«, gab Henry Harris zurück. Mrs. Harris aber beachtete ihn nicht weiter, nahm die Hausschuhe, die Sophie ihr hinaufreichte, und verstaute sie in ihrer Handtasche. Mit Sophies Hilfe zwängte sie ihre geschwollenen Füße in die Straßenschuhe. Dann ergriff sie wieder Henrys Arm und stapfte in das Wahllokal.

»Ihr beide könnt draußen warten«, sagte Henry hoffnungsvoll.

»Nein, nein«, sagte Sophie, »es macht uns nichts aus, hier zu warten.«

»Wir möchten Demokratie in Aktion erleben. Man weiß nie, ob man es irgendwann gebrauchen kann, für ein Projekt zum Beispiel.«

Henry ging auf eine Frau am Tisch der Wahlhelfer zu.

»Bonnington Road hundertzweiundfünfzig«, sagte er. »Henry Harris und Adelaide Harris.«

»Henry *Alvin* Harris?«

»Ja.«

Sophie und Iwan sahen sich lächelnd an.

»Und Adelaide *Priscilla* Harris?«

Henry stieß seine Mutter in die Rippen.

»Was knuffst du mich denn, Henry?« sagte Mrs. Harris.

Eine der Frauen händigte jedem von ihnen einen frischen, weißen Stimmzettel aus.

»Dankeschön, junge Frau«, sagte Mrs. Harris. Ihre Strümpfe rutschten ihr auf die Knöchel herab. Henry sah nur erschrocken weg, Sophie dagegen schoß wie ein Pfeil heran und befestigte die Strümpfe wieder unter den uralten, runzligen Strumpfbändern, wobei die Anwesenden taktvoll zur Seite blickten.

»So«, sagte sie, »jetzt aber volle Kraft voraus!«

»Komm, Mutter«, sagte Henry Harris grimmig. Vor den Augen mehrerer Wahlhelfer und all der anderen ein und aus eilenden Wähler führte er seine Mutter, sie zum Teil vorwärtsschiebend, durch den Raum und zu den Wahlkabinen an der Wand.

»Was schubst du mich denn, Henry?« sagte Mrs. Harris, wobei ihr ein Bein ihrer enormen Unterhosen übers Knie herabglitt.

Der Wahlvorsteher unterhielt sich leise mit seiner Nachbarin.

»Sie glauben, er hat sie gegen ihren Willen hergeschleppt«, flüsterte Sophie Iwan zu.

»Nur damit die Partei, die *er* wählt, noch eine Stimme mehr bekommt.«

»Die arme alte Frau.«

»Sie ist ja fast gelähmt. In den Schuhen kann sie kaum laufen.«

»Das ist doch bestimmt ein Wahlvergehen.«

»Auf so etwas müssen die Wahlhelfer hier besonders achten.«

»Damit sie es den Behörden melden können.«

Mrs. Harris' Stimme schallte durch den Saal:

»Henry? Wo soll ich denn mein Kreuz machen?«

Es wurde plötzlich still. Niemand regte sich mehr. Die Stille hielt auch an, als Henry zum Sprechen ansetzte, sich räusperte und es erneut versuchte.

»Wo du willst, Mutter«, krächzte er.

Keines seiner mühsam hervorgebrachten Worte entging auch nur einem einzigen Anwesenden, so still standen sie alle und so angestrengt lauschten sie.

Mrs. Harris verschwand wieder in der engen Wahlkabine.

Henry Harris faltete seinen Stimmzettel zusammen und steckte ihn in den Schlitz der Wahlurne, wobei er es vermied, den Wahlhelfern in die Augen zu blicken. Dann ging er zu seinen Kindern und stellte sich zwischen sie. Zusammen warteten sie schweigend, bis Mrs. Harris endlich wieder auftauchte. Sie stand, ins Licht blinzelnd, da, unschlüssig, was sie als nächstes tun sollte, und schwenkte ihren Stimmzettel. Da Henry keine Anstalten machte, ihr zu helfen, sprang wiederum Sophie ein. Sie ging zu ihrer Großmutter hinüber, faßte sie am Arm und lotste sie zur Wahlurne. Vor den Augen der Wahlhelfer, als wollte sie demonstrieren, daß keine Tricks im Spiel waren, nahm sie der alten Dame den Stimmzettel aus der Hand, faltete ihn, wie sie es bei ihrem Vater gesehen hatte, und steckte ihn in die Wahlurne.

»So!« sagte sie.

Die Wahlhelfer schwiegen ungerührt.

»Komm, Granny«, sagte Sophie, »das war's.«

Eine Niederlage

Später am Abend, als es sich nach allen Fernsehberichten abzeichnete, daß Henrys politische Partei die nächsten fünf Jahre im politischen Abseits zubringen würde, gab er seiner Mutter die Schuld.

»Schuld daran ist meine Mutter«, sagte Henry Harris. »Senile Leute wie sie, die nicht einmal wissen, wie herum sie den Stimmzettel halten müssen, das sind genau diejenigen, die dieser verfluchten

Bande Erdrutschsiege bringen. Es ist doch jedesmal das gleiche!«

Sophie blickte von dem hellgelben Heft auf, in das sie auf der Seite mit der Überschrift *Physische Probleme* soeben geschrieben hatte:

Selbst etwas so Einfaches wie die Ausübung seiner demokratischen Rechte und Pflichten kann für den alten Menschen zu einer enormen physischen Belastung werden.

»Granny kann nichts dafür, daß diese Bande es geschafft hat. Sie hat sie nicht gewählt.«

»Woher weißt du das?«

»Ich hab's gesehen, als ich ihren Stimmzettel zusammengefaltet habe.«

»Wen hat sie denn gewählt? Die Rosa Punks?«

»Gar niemanden.«

»Gar niemanden? Was meinst du mit gar niemanden? Ich habe doch gesehen, daß sie gewählt hat.«

»Sie hat ihr Kreuz genau auf die Linie zwischen den beiden Spitzenkandidaten gesetzt.«

»*Was*? Ihr Stimmzettel war ungültig?«

»Sie hatte ihre Brille nicht auf.«

»Nach *der* Mühe, die wir uns gemacht haben? Nach *diesen* Scherereien? Nach *der* Blamage mit den Hausschuhen? Alles für nichts und wieder nichts?«

»Sieht ganz so aus.«

»Ich bring' sie um. Ich bring' sie um!«

Und während Henry Harris, den Kopf in die Hände gestützt, dasaß und Morddrohungen murmelte, berichteten die Kenner der Materie auf dem Bildschirm von vier weiteren bis dahin sicheren Sitzen des Nordens, die mit dem politischen Erdrutsch fortgerissen worden waren. Sophie blickte auf das gelbe Heft nieder, das sie auf dem Schoß hielt, und las noch einmal durch, was sie zuletzt geschrieben hatte:

die Ausübung seiner demokratischen Rechte und Pflichten kann für den alten Menschen zu einer enormen physischen Belastung werden.

Sie sah ihren niedergeschlagenen, trübsinnigen Vater an, und in einem Anfall töchterlicher Liebe fügte sie hinter »Menschen« ein:

und auch für andere Mitglieder seiner Familie.

Iwan kam ins Zimmer.

»Tanja schläft so unruhig«, sagte er, »sie wälzt sich dauernd hin und her.«

»Kein Wunder«, sagte Henry Harris. »Da diese Bande jetzt fünf Jahre lang an der Regierung ist, werden wir uns heute nacht wohl alle schlaflos hin- und herwälzen.« Er schauderte. »Ein solches Theater«, sagte er noch einmal, »und alles umsonst!«

Natascha raschelte mit der Zeitung vom vorigen Freitag, der aktuellsten, die sie an diesem Tage hatte finden können und die sie nun vom Wirtschaftsteil bis zur Seite für die Frau durchblätterte.

»In Nowosibirsk ist *jede* Wahl umsonst«, bemerkte sie.

Keine Halbheiten

»Tanja *darf* heute nacht keinen Alptraum haben.«

Sophie war dazugekommen, als die beiden in der Garage probten.

»Doch, natürlich«, erwiderte Iwan, »keine Halbheiten, Sophie.«

»Aber heute ist ihre Party! Ihre einzige Dinnerparty im ganzen Jahr! Sie haben gekocht und geputzt und den ganzen Tag herumgefuhrwerkt, und jetzt willst du ihnen alles verderben!«

»Na, um so besser. Verstehst du denn nicht?«

»Nein, ich verstehe *nicht*.«

Sophie ließ sich auf den alten Blumentöpfen nieder und sah Tanja zu, die den Alptraum der kommenden Nacht durchspielte und ihren Auftritt in vollen Zügen genoß – den Schrei, der jedem, der ihn hörte, das Blut in den Adern gefrieren lassen würde, den starren, leeren, noch traumverlorenen Blick, die abgerissenen Sätze: ». . . sah so erschrokken aus . . . wurde immer weiter von uns fort gezogen . . . rief unsere Namen . . . *Granny*, natürlich . . . nein, ich weiß nicht mehr . . .«

»Sei vorsichtig«, warnte Iwan, »tu nicht zuviel des Guten!«

»Das ist wirklich gut«, gab Sophie zu.

Tanja lief weg.

»Iwan«, sagte Sophie, »das können wir nicht machen. Wir können ihnen einfach nicht ihre Dinnerparty heute abend ruinieren. Heute morgen hab' ich sie gesehen, wie sie auf den Knien den Küchenboden blankgeschrubbt hat. Und er war seit dem Mittagessen schon x-mal unterwegs und hat Lorbeerblätter und noch mehr Sahne und eine Ersatzglühbirne fürs Badezimmer gekauft. Jetzt steht er immer noch in der Küche und kocht. Und sie hat ihm ein Hemd für heute abend gebügelt. Nicholas mußte sogar ihre besten Ohrringe mit Silberpolitur auf Hochglanz bringen. Im Wohnzimmer stehen frische Blumen. Weißt du, was frische Blumen kosten? Es ist doch die Party des Jahres für sie, Iwan.

Sie revanchiert sich bei all den netten Leuten, die ihr Konzert- und Theaterkarten überlassen, sie im Auto mitnehmen, wenn sie nach London fahren, und ihr Schüler für ihre Konversationskurse schikken und uns die abgelegten Kleider ihrer Kinder geben. Und er will vor dem Rektor eine gute Figur machen und außerdem verhindern, daß Higgins, der zehn Jahre jünger ist als er, Leiter der Sprachenabteilung wird. Sie hat im ganzen Haus staubgesaugt, sogar unter den Sesseln und dem Sofa. Er hat sechs verschiedene Getränke eingekauft. Sechs verschiedene Getränke! Sie kaut da drinnen an den Nägeln und verwünscht die Farbe des Teppichs und den Pudding und ihre Frisur. Er ist inzwischen so nervös, daß er die ganzen Eidotter ins Eiweiß gekleckert hat.« Sophie beugte sich vor und streckte ihrem Bruder die Hände entgegen. »Iwan, das können wir ihnen einfach nicht antun. Das *geht* nicht!«

»Sophie«, sagte er, »es ist beschlossene Sache. Wir haben doch längst darüber abgestimmt. Das Oma-Projekt läuft, und jeder von uns hat schon viele Stunden damit zugebracht. Wir tun es doch nicht für uns, sondern für eine Sache, an die wir glauben. Wir tun es für eine wehrlose alte Frau, die schon so altersschwach ist, daß sie sich nicht mehr selber helfen kann. Was ist schon eine unterbrochene Abendeinladung für die beiden im Vergleich zu jahrelanger Einsamkeit in irgendeinem Heim für Granny? Überleg dir das doch mal, Sophie, denk doch mal nach!«

»Das tu' ich doch.«

»Nein, das tust du ganz offensichtlich nicht. Du *fühlst* nur.«

»Das muß ja nicht unbedingt schlechter sein.«

»Aber *Denken* ist es nicht.«

»So? Vielleicht solltest du's zur Abwechslung mal ausprobieren!«

So nahe waren sie einem Streit lange nicht mehr gewesen.

Eine zeitweilige Störung

An diesem Abend wurde Mrs. Harris viel früher als sonst zu Bett gebracht. Ihren gewohnten Sherry brachte Henry ihr um halb fünf statt um sieben. Natascha servierte ihr das Abendessen – ein schweres Mahl aus Pizza und einem süßen Fruchtpudding, zwei ihrer Leibgerichte – um Viertel nach fünf, ein zweiter, größerer Sherry folgte um sechs. Um sieben Uhr, als Henry sah, daß Mrs. Harris' Kopf vornüber sank, schraubte er flink ein wichtiges Teil aus dem Fernsehapparat heraus. Der Bildschirm blieb leer.

»Das ist dieser Streik«, sagte Henry. »Verdammte Gewerkschaften!«

»Streik?« sagte Mrs. Harris. »Was? In beiden Programmen?«

»Ich fürchte, ja, Mum.«

»O je! Das ist ja schade!« Plötzlich heiterte sich ihre Miene wieder auf. »Na ja, macht nichts. Heute ist ja Samstag.«

Henry überlegte kurz. An welchem Abend war das Radioprogramm am magersten?

»Dienstag«, sagte er, »Dienstag abend.«

»Tatsächlich? Ich könnte schwören, der Mann hat Samstag gesagt.«

»Dienstag.«

»Schau in die Zeitung, Henry. Lies mir vor.«

Henry zog die Zeitung dort hervor, wo sie noch immer klemmte: unter ihrem Arm. Er warf einen interessierten Blick in den Sportteil und sagte:

»*Analyse.* Als nächstes bringen sie *Investment: Nachrichten und Meinungen.* Danach kommt *Strukturen wirtschaftlichen Wachstums in der Tschechoslowakei* und dann *Gestern im Parlament.* Später kommt dann noch –«

»Schon gut«, gab Mrs. Harris sich geschlagen.

Lammfromm ging sie zu Bett.

In der Tür erschien Sophie und nahm die Zeitung an sich. Später, als sie sie in ihrem Zimmer las, fragte sie sich, ob ihr Vater nur einen Hauch von Schuldgefühl empfunden hatte, als er ein Teil aus dem Fernseher entfernt hatte, ausgerechnet an dem Abend, als die Lieblingssendung seiner Mutter kam.

Acht Uhr

Das Haus war erfüllt von den Geräuschen eintreffender Gäste. Draußen verstummten Motoren. Türen schlugen, und immer wieder ging die Klingel. Zweimal riefen Leute an, die in der Gegend von Bonnington Close, Crescent, Lane und Avenue umherirrten. Die fremden Stimmen drangen zu dem Treppenabsatz hoch, auf dem alle vier Kinder gut verborgen saßen.

»Natascha! Wie *reizend*!«

»George pensait que nous étions perdus!«

»Soll ich einfach reingehen? Ist schon jemand drin?«

»Henry! Im gebügelten Hemd! Großartig!«

»Добрый вечер.«

»Da, wo man links in den Bonnington Drive abbiegt, bevor die Bonnington Street in die Bonnington Mall einmündet.«

»Du lieber Himmel! Soll ich das alles allein austrinken? Das ist ja ein Riesendrink!«

Tanja und Nicholas spähten durch das Geländer. Sophie und Iwan teilten sich die Zeitung.

»So werden wir später auch mal«, sagte Tanja.

»Hoffentlich bleibt diesmal mehr übrig als letztes Jahr. Nie machen sie genug. Am nächsten Morgen ist immer schon fast alles weg.«

»Das Essen, das es heute gibt, muß ein Vermögen gekostet haben.«

»Er hat zweimal am Geldautomaten Schlange stehen müssen.«

»Ich kann der Frau da genau in den Ausschnitt sehen.«

Iwan legte seinen Teil der Zeitung fort und kroch an das Geländer.

»Na ja, du schaust auch fast direkt von oben drauf«, meinte er nach einer Weile kritisch.

»Und Daddy auch.«

Unter heftigem Gekicher ließen sie sich vom Geländer wegscheuchen. Die Gäste dachten, wie offen und vergnügt sie wirkten im Vergleich zu ihren eigenen schwierigen, verschlossenen Kindern. Sie schrieben es kulturellen Unterschieden zu, denn schließlich war Natascha Russin.

Hobelspäne

Oben am Geländer lauschte Sophie interessiert den munteren Gesprächsfetzen, die zu ihr empordrangen, sobald die Tür des Eßzimmers sich auftat, um Henry mit einem schwankenden Tellerstapel hinaus- oder Natascha mit einem weiteren wunderbaren Speisenaufgebot hineinzulassen. Sophie saß in der ungewohnten Helligkeit und Wärme, glücklich, daß Nataschas Stimme fröhlich klang, und erleichtert, daß sie einander selbstzufrieden und verschwörerisch kaum merklich zunickten, wenn sich ihre Wege in der Diele kreuzten. Alles stand demnach zum besten. So weit, so gut.

»Iwan.«

Sie neigte sich nach hinten und klopfte an die Tür des Badezimmers.

»Iwan!«

»Was ist? Ich bin noch nicht fertig!«

»Wenn du herauskommst, muß ich mit dir reden.«

»Über Tanjas Alptraum heute nacht, hab' ich recht?«

»Stimmt.«

»Du willst bloß kneifen!«

Als Iwan endlich in der Tür erschien, sagte Sophie zu ihm:

»Mit Kneifen hat das nichts zu tun, es ist ein Beschluß.«

»Du kannst keine einseitigen Beschlüsse fassen.«

»Dann mußt du mir eben zustimmen.«

»Das ist ja ein feiner Kompromiß!«

»Iwan, wenn wir nicht gemeinsam verhindern, daß Tanja ihnen den Abend verdirbt, dann tu' ich es allein. Und danach steige ich aus dem ganzen Granny-Projekt aus.«

Sie sah zu Boden, um seinen verachtungsvollen Blicken zu entgehen.

»Mir geht es ums Prinzip«, setzte sie hinzu.

Er lachte, wie sie es erwartet hatte.

»Welches Prinzip? Das Prinzip ›Wenn schon, aber nicht denn schon?‹ Halbe Sachen sind das beste, ist das dein Prinzip?«

»Ich glaube, ich befinde mich in einem Loyalitätskonflikt.«

»Wo gehobelt wird, da fallen nun mal Späne!«

»Dräng mich nicht, Iwan, ich muß nochmal darüber nachdenken.«

»Nachdenken? Ha!«

»Tyrann!«

»Waschlappen!«

»Brutaler Stalinist!«

»Katzbuckelnde Revisionistin!«

Sophie holte zu einem heftigen Schlag aus. In diesem Augenblick fing Tanja, die den Streit in ihrem Zimmer hörte und fürchtete, ihre Vorstellung würde abgesagt, wenn sie noch länger wartete, zu schreien an.

Ein ganz schrecklicher Traum

Es war ein so wilder, langgezogener Schrei, daß alle anderen Geräusche im Haus jäh verstummten. Dann hörte man, als die Eßzimmertür aufgerissen wurde und gegen die Wand flog, nur einen Knall und Henrys Schritte auf der Treppe, der vier Stufen auf einmal nahm und an Iwan und Sophie vorbei, die er kaum wahrzunehmen schien, ins Zimmer seiner jüngeren Tochter stürzte.

»Tanja! Was ist, Tanja? Was ist los?«

Tanja stand, einer Erscheinung gleich, in ihrem schönsten langen, weißen Nachthemd da.

»Ich hatte einen Traum«, erzählte sie, »einen ganz schrecklichen Traum...« Ihre Finger waren gespreizt, die Augen glasig. »Ich hab' geträumt, ich stand vor einem finsteren Gefängnis, und überall in den Gefängnismauern waren kleine Fenster mit Eisengittern davor, und durch die Gitter starrten ganz dünne Gesichter.« Ihre Schultern bebten. »Und ich suchte alle Fenster ab, weil ich meine

Granny finden wollte, aber sie war nicht da, und dann schaute ich nach oben, und da, weit weg, ganz oben in der Ecke der Gefängnismauer, so daß man sie kaum noch sehen konnte, da sah ich eine kleine alte Frau mit weißen Haaren, die sich an das Gitter klammerte, und ich wußte, es war –«

»Pssst! Tanja!«

Tanja brach ab. Natascha war in der Tür erschienen.

»Lügnerin!«

»Natascha! Sei nicht so grob! Das arme Kind hatte gerade einen ganz schrecklichen Traum –«

»Pssst! Du bist ein Narr, und sie ist eine Lügnerin!«

»Na, na, Natascha.«

»Selber na, na, Henry Harris. Mach deine Augen auf, schau sie dir an. Und frag sie, ob sie den schrecklichen Traum von ihrer armen Granny geträumt hat, bevor sie ihr feinstes Nachthemd angezogen hat oder danach!«

Einen Augenblick lang herrschte Stille, dann rief Henry:

»Tanja!«

Er sah sie an, jetzt ganz in Weiß, während er sie in einem schmutzigroten Rautenmuster zu Bett geschickt hatte. Tanja gab sich alle Mühe, seinem Blick kaltblütig standzuhalten, doch der Anblick ihrer Mutter, von Kopf bis Fuß in bedrohlichem Schwarz und mit hoch aufgetürmtem Haar, unendlich groß und noch viel schöner als gewöhnlich, brachte sie ins Wanken. Ihr trotziger Gesichtsausdruck verfiel.

»Marsch«, sagte Henry, »ab ins Bett.«

Natascha rauschte aus dem Zimmer, an Iwan und Sophie vorbei, über den Treppenabsatz und die Stufen hinab. Sie stieß theatralisch die Eßzimmertür auf und erhob die Stimme, um Tanjas reumütiges Jammergeschrei zu übertönen:

»Ich frage Sie, wer von uns hätte jemals Kinder in die Welt gesetzt, wenn er vorher gewußt hätte, wie das ist?«

Die Gäste blickten kurz zu Natascha auf und dann nach der blaugefiederten Erscheinung hinter ihr, die, durch Tanjas Geschrei aus dem Schlaf gerissen, in viel zu großen Hausschuhen herangeschlurft kam und sich auf Nataschas Stuhl niederließ.

»Genau, was ich immer sage«, sprach die Erscheinung. »Als ich Henry zum erstenmal in den Armen hielt, sagte meine eigene Mutter zu mir: ›Adelaide, jetzt ist er da. Und du wirst bald merken: Wenn sie klein sind, tun uns die Arme weh, und wenn sie groß sind, tut uns das Herz weh!‹«

Vor der Tür zog Henry seine Krawatte zurecht,

die Tanja in ihrem heftigen Anfall von Scham unterhalb seines Ohrs zusammengedreht und ihn dabei fast erdrosselt hatte.

»Ich bring' meine Mutter um«, murmelte Henry. »Ich geh' hinein und bring' sie um. Ich tu's, so wahr mir Gott helfe. Ich bring' sie um.«

Pfirsich-Feder-Sorbet

Natascha entstammte einer Familie, die wußte, was wirkliche Schwierigkeiten waren: Mißernten, Männer in Uniform, Stacheldraht an schneebedeckten Grenzpfählen, nächtliches Pochen an der Tür. Sie gewann ihre Fassung viel schneller zurück als Henry.

»Adelaide!« rief sie. »Du kommst gerade recht zu einem himmlischen Dessert. Hol noch einen Stuhl, Henry. Hilf deiner Mutter. Nimm ihr den Hut ab.«

Während Mrs. Harris mit ihren Hutnadeln kämpfte, schwirrte ein Schauer blauer Federn durch die Luft und landete auf dem hoch aufgetürmten frischen Pfirsichsorbet in den hübschen Porzellanschalen. Henrys Rektor zupfte ein überdurchschnittlich mottenzerfressenes Exemplar von seiner Portion und sagte:

»Hatten Sie es weit bis hierher, Mrs. Harris?«

»Aber nein«, versicherte ihm Henrys Mutter, »ganz im Gegenteil. Es ist nur ein Katzensprung.«

»Wie schön.«

»Ganz wunderbar.«

»Erstaunlich.«

Ein Chor spontaner Kommentare hatte sich erhoben. Das Gespräch drehte sich mit einemmal darum, was für ein Wunder es doch sei, daß Henrys Mutter sich mit ihren siebenundachtzig Jahren in stockfinsterer Nacht zu Fuß durch das Labyrinth der Bonnington Circles und Crescents und Closes und Drives hindurchgefunden habe und immer noch rechtzeitig zum Dessert gekommen sei.

Mrs. Harris sonnte sich in der allgemeinen Anerkennung. Sie löffelte frisches Pfirsichsorbet mit Federn und gab sich alle Mühe, sich zu konzentrieren, als Henrys Rektor in warmen, ermutigenden Worten ihre Fähigkeiten in höchst schmeichelhafter Weise mit denen seiner eigenen älteren Verwandten verglich. Sie verlor für einen Augenblick den Faden, als ihr das Gebiß verrutschte; als sie aber merkte, daß Henrys Rektor von der ausführlichen Würdigung ihrer Tugenden plötzlich, wie wenn ein Damm gebrochen wäre, dazu übergegangen war, über seine eigene alte Mutter herzuziehen, ließ sie es zu, daß die Kälte des Sorbets in ihren neuen

Zähnen ihre Ohren vollends verschloß. Iwan hörte hinter der Tür alles mit, konnte aber trotz seines rasenden Gekritzels nicht jedes Wort notieren. Die Geschwindigkeit und Fülle der vorgetragenen Anekdoten zwangen ihn, sich auf Stichworte zu beschränken, die er später in Ruhe weiter ausführen würde.

›versteckt die Silberlöffel in der Mehldose . . .‹

kritzelte Iwan.

›. . . schüttet alle Tabletten aus und füllt sie in andere Flaschen um, nascht davon, als wären es Smarties . . . hat an dem Abend x-mal angerufen . . . fischte das Ding wieder aus dem Mülleimer und zog es zur Preisverleihung an, total verdreckt . . . und als ich bei dem Schneegestöber und dem Glatteis endlich hinkam, war das Radio nur leise gestellt, das war alles . . . trinkt Sherry viertelliterweise, ich weiß nicht, wie sie's macht, aber anscheinend ist sie nie betrunken . . . sie liefern nicht mehr ins Haus, weil sie die dauernden Szenen einfach nicht mehr ertragen können . . . ich bin jetzt seit über zweiundzwanzig Jahren mit Martha verheiratet, aber glauben Sie, meine Mutter merkt sich ihren Namen? Sie denkt gar

nicht daran ... schleppt seit vier Jahren dasselbe Buch mit sich herum. Was? Wie das Buch heißt? Ich weiß nicht. Das Leben der Maria Stuart, glaube ich. Ich hab' es nicht gelesen. Ehrlich gesagt, ich glaube, sie hat's selber nicht gelesen. Oft hält sie es verkehrtherum ... fand sage und schreibe sieben Testamente, und in jedem wurde ein anderes Familienmitglied enterbt ... ließen sie mit uns zusammen essen, bis sie anfing, ihr Gebiß herauszunehmen und neben ihrem Teller auf den Tisch zu legen ... haßt die Sozialarbeiterin, ich glaube, sie würde noch aus dem Sarg aufstehen und auf sie losgehen ... Listen von Gegenständen, die sie im ganzen Haus versteckt. Alle nennen sie nur noch das Eichhörnchen ... stellte sich heraus, daß es gar nicht kaputt war, sie hatte es nur aus Versehen am Wandstecker ausgeschaltet ...‹

Nachdem die Schleusen sich einmal geöffnet hatten, gab es kein Halten mehr:

›... hätte sie manchmal schon fast umgebracht. Ich weiß, ich sollte das nicht sagen, aber es ist wahr ... bei verschiedenen Gelegenheiten um Haaresbreite am Muttermord vorbei ... schaute mich wahrhaftig schon nach dem Küchenmesser

um, und ... sollte jetzt wirklich damit aufhören, bestimmt langweile ich Sie ... können sich überhaupt nicht vorstellen, was für ein Streß das ist ...‹

Henry starrte über den Tisch hinweg seinen Rektor an, entsetzt von den Geschichten, die er hörte, voller Bewunderung für diesen Mann, der litt wie er, nur schlimmer. Natascha saß zufrieden auf die nackten, weißen Ellbogen gestützt und betrachtete in stiller Faszination ihre Gäste, die vor leeren Sorbetschalen und blauen Federhäufchen saßen, während Henrys Rektor seine tiefempfundene Tirade langsam ausklingen ließ. Die meisten von ihnen kannten Henrys Rektor schon seit Jahren, aber noch nie hatten sie ihn so reden hören. Niemand hatte seine frostige Reserve je durchbrochen. Bei Natascha aber mußte es geschehen! Dieses exotische russische Feuer mußte sich ja um den ganzen Tisch verbreiten, als wäre es ansteckend! Was für Geschichten! Was für Gäste! Was für ein Essen! Und die Federn im Sorbet!

Mrs. Harris' Hörvermögen kehrte wieder, als die neuen Zähne sich erwärmten. Hoffnungsvoll blickte sie auf. Sie hätte eine weitere Portion dieses köstlichen Pfirsich-Feder-Sorbets nicht verschmäht, doch der Verrückte dort redete ohne

Punkt und Komma weiter über seine arme Mutter. Wenn niemand sonst imstande war, der Flut Einhalt zu gebieten, dann mußte sie es eben tun.

»Das klingt, als sei sie eine Strafe *Gottes*«, sagte Mrs. Harris. »Aber *ich* kann, glaube ich, sagen, daß ich *meinem* Sohn nicht zur Last falle.«

Henry, noch immer starr, antwortete mechanisch:

»Nein, Mum, überhaupt nicht. Keine Spur.«

Fast halb drei

Sophie lag im Bett und lauschte auf die Abschiedsgeräusche der Party. Sie war noch wach, teils aus Solidarität mit dem armen Iwan, der noch immer damit beschäftigt war, die schrecklichen Einzelheiten über die Mutter des Rektors nachzutragen, bevor er sie vergaß, teils, weil das Licht sie störte, das Iwans wegen noch brannte.

Die Stimmen klangen durch das Haus zu ihr empor, ebenso vergnügt und munter wie sechs Stunden zuvor.

»Wunderbar! So gut hab' ich mich selten amüsiert!«

»Великолепно, Natascha!«

»Ich kann Ihnen gar nicht sagen, wieviel besser

ich mich fühle. Es tut so gut, wenn man sich einmal alles von der Seele reden kann!«

»Ja, das ist meiner. Und der abgeschabte Dufflecoat da gehört Alfred.«

»Ich kann mir nicht denken, daß es bei Giovanni schon blaue Federn gibt.«

»Une merveille! Quatre-vingt sept ans! Quelle merveille!«

»Gute Nacht. Gute Nacht.«

»Ich könnte Ihre reizende Frau Mutter am Bonnington Circle absetzen. Oder war's Bonnington Mews?«

»Gute Nacht.«

»Спокойной ночи.«

»Gute Nacht.«

Sophie ließ unauffällig ihre Hand über die Bettkante gleiten, hustete, um das Klicken des Schalters zu übertönen, und stellte ihre Heizdecke wieder an.

»Das solltest du nicht tun«, tadelte Iwan sie. »Bei deinem Gewicht und meinem könnte die Decke sich überhitzen und durchschmoren. Wenn nicht noch Schlimmeres.«

»Dann steh auf. Setz dich auf den Boden.«

»Ich bin fast fertig.«

»Gott sei Dank! Ich bin total erledigt. Es ist fast halb drei.«

»Aber es hat sich gelohnt.«

»Ja«, sagte Sophie, »offenbar ging alles bestens. Ich glaube, der Rektor war ein bißchen betrunken. Ganz am Schluß hab' ich ihn lachen hören. So lange ist noch nie jemand geblieben. Es muß ein voller Erfolg gewesen sein. Die ganze Mühe, die sie sich gemacht haben, hat sich wirklich gelohnt.«

»Ich meine, für uns. Für uns hat es sich gelohnt.«

»Wieso?«

»Ich habe zehn oder fünfzehn Seiten vollgeschrieben. Sieh dir das an, Sophie. Hintergründe, Beispiele, soziale Probleme. Sieh dir das an!«

Er ließ die Seiten an ihren müden Augen vorübergleiten. Sie stieß ihn von ihrem Bett zu Boden.

»Iwan, du bist ein Fanatiker.«

Ein Anruf

Als Sophie sah, wie ihr Vater die Telefonschnur langzog, so weit es nur ging, und sich mit dem Hörer im Schuhschrank unter der Treppe einschloß, da wußte sie, daß sich das Gespräch um Granny drehte. Sie hörte ihn zwischen die Rollschuhe und die rostigen Mausefallen plumpsen, und dann drang seine Stimme nur noch gedämpft durch die Holztüren, so daß sie nicht verstehen konnte, was er sagte. Und als sie vernahm, wie er den Hörer auflegte, zog sie sich in die Küche zurück, wo Natascha still und ausdruckslos am Fenster saß und in kleinen Schlucken ihren Tee trank.

Gleich darauf trat auch Henry ein.

»Wer hat denn angerufen?« wollte Natascha wissen.

»Ein Verlag«, log Henry Harris, »die französische Grammatik für die Oberstufe kommt erst in zwei Wochen.«

Natascha sah durch ihn hindurch und auf die Wand hinter ihm.

»Sie haben einen Platz für deine alte Mutter.«

Henry errötete. Er dachte daran, sich in einen Scherz zu retten, ließ es dann aber bleiben.

»Im Meredith House«, gab er zu. »Wenn wir vorher anrufen, können wir vorbeikommen und es uns ansehen.«

»Wann?«

»Am Wochenende.«

Sie wollte unverzüglich aufstehen, und er fügte rasch hinzu:

»Wie wär's mit nächstem Samstag?«

»Heute ist Sonntag, das ist doch Wochenende.«

»Heute? Das wär' ein bißchen plötzlich, meinst du nicht?«

»Nur, um zu sehen«, beruhigte ihn Natascha. »Nur, um es uns anzusehen.«

Sie schob ihre Teetasse beiseite, griff nach dem Telefonbuch hinter sich und begann darin zu blättern.

»T ... P ... M ... Munty ... Morton ... Meredith ... Meredith Samuel ... Meredith House!«

Sie legte ihren Finger auf die Stelle. Ihr Haar fiel nach hinten, als sie wie elektrisiert aufsprang. Sie wirkte fremd, dachte Sophie, bis ihr mit einem Schlag klar wurde, daß sie nur jünger aussah.

»Natascha ... Nicht so schnell. Natascha, bitte! Trink doch wenigstens erst deinen Tee aus. Bitte!«

»Meinen Tee?«

Natascha wich vor ihm zurück und ließ dabei den Teil des Telefonbuchs los, den ihre Hand niedergehalten hatte. Die Blätter fächerten sich boshaft auf und schnellten an ihren Platz zurück.

»Tee? Tee? Чай пить – не дрова рубить«, knurrte sie und ging hinaus. Das Zuschlagen der Tür erschütterte den Raum. In der Ecke bröckelte Putz von der Wand.

Sophie war entsetzt.

»Was hat sie gesagt?« fragte sie ihren Vater. »Was hat sie eben gesagt? Sag doch, Daddy!«

Henry griff nach dem Telefonbuch und begann es durchzublättern.

»Sie hat recht«, sagte er. »Sie hat vollkommen recht. Sie hat gesagt, ›Teetrinken ist etwas anderes als Holzhacken‹, und damit hat sie ganz recht. Meredith House. Hier ist es. 5564793. Sie hat wirklich recht.«

Ein stures Miststück

»Bitte, rück ein Stück zurück, Granny«, sagte Sophie, »du verbrennst dir die Beine, das sieht man ja direkt.«

Ihre Großmutter hielt die Arme störrisch verschränkt und beachtete sie nicht.

»Bitte, Granny.«

Keine Reaktion, nicht die leiseste Bewegung.

»Dann laß mich doch deinen Lehnstuhl einfach ein bißchen weiter vom Ofen wegziehen.«

»Rühr meinen Stuhl nicht an! Er steht genau richtig so! Laß ihn los!«

»Aber Granny!«

Sophie war erschöpft und den Tränen nahe. Niemand war da, um ihr zu helfen. Die anderen waren alle unterwegs zum Meredith House. Sie mußte allein zurechtkommen.

»Granny, *bitte*. Deine Beine brennen an!«

Nie zuvor hatte sie ihre Großmutter in einer solchen Stimmung gesehen. Vielleicht war es, weil sie so spät ins Bett gekommen war oder weil sie zuviel gegessen hatte oder beides.

Sie zog von neuem an dem schweren Lehnstuhl.

»Granny!«

»Laß meinen Stuhl los, du stures Miststück!«

Sophie trat erschrocken zurück.

»Dann mache ich den Ofen aus«, sagte sie, »mir bleibt nichts anderes übrig. Wenn du mir nicht hilfst, deinen Stuhl weiter wegzurücken, muß ich den Ofen eben ausmachen!«

»Mach mir gefälligst keine Vorschriften, junges Fräulein! Was glaubst du, wer du bist? Eine Krankenschwester? Ein Glück, daß ich nicht deine Patientin bin!«

»Granny! Ich bin's, Sophie. Sophie! Granny!«

»Ein stures kleines Fräulein bist du, weiter nichts. Ich nehme an, du bist eine von Nataschas Töchtern. Oder von Henrys.«

»Granny, bitte rück ein Stück zurück. *Bitte*!«

Sophie sah sich verzweifelt im Zimmer um. Ihr Blick fiel auf ein dickes Schultertuch, das auf dem Bett lag. Sie hoffte inständig, das Ganze werde nicht wieder von vorn anfangen, nahm das Tuch und trat zu der alten Frau. Sie breitete es über den schäbigen Rock und steckte es an den Seiten fest, so daß es in Falten über die glühend heißen Knie und Beine fiel.

Mrs. Harris gackerte und fauchte sie böse an. Mit matten, kleinen Hieben schlug sie nach Sophies geschäftigen Händen. Aber Sophie war stärker. Es gelang Mrs. Harris nicht, das dicke Tuch wieder herauszuziehen, und als Sophie eilig hinter den Lehnstuhl trat, um aus ihrem Blickfeld zu verschwinden, schien sie bereits vergessen zu haben, wer es befestigt hatte und warum, und legte die Hände wieder in den Schoß.

Sophie stand so lange reglos hinter dem Stuhl und dem nickenden Kopf, bis sie einigermaßen sicher war, daß die Schlacht vollends geschlagen war.

Gräßliches altes Frauenzimmer, dachte sie. Abscheuliche, undankbare alte Kuh. Sie hat's verdammt nochmal *verdient*, daß sie ins Heim kommt.

Ein kalter Luftzug

Der Weg zum Meredith House führte um die städtischen Anlagen herum, wo Straßenarbeiten im Gange waren. Die Männer standen untätig auf ihr Arbeitsgerät gestützt. Ein riesiger Sattelschlepper blockierte beide Fahrspuren. Die Frau, die die rotgrüne Kelle hielt, lehnte sie mit der roten Seite nach vorn an einen Teerwagen. Da von dem Auto vor ihm keine Auspuffgase mehr aufstiegen, stellte Henry gleichfalls den Motor ab und drehte das Fenster herunter. Ein Schwall kalter Luft traf ihn von einer Seite, ein Schwall von Beschimpfungen von der anderen.

»Pssst!«

»Dad*diiieee*!«

»Mir ist kalt!«

»Hier hinten zieht's ganz fürchterlich!«

Henry kurbelte das Fenster wieder hoch. Im Unterbewußtsein registrierte er, daß ein Beschwerdeführer der Familie fehlte. Er sagte:

»Hoffentlich ist bei Sophie alles in Ordnung.«

»Sophie kommt schon zurecht.«

»Wir haben sie noch nie so lange mit Mutter allein gelassen.«

»Was soll denn schon passieren?«

Henry, voller Groll auf Natascha und voller Widerwillen gegen diese Fahrt, entgegnete:

»Sie könnte ihr nur wegsterben, das ist alles.«

Natascha wandte den Kopf ab und blickte auf die öden, grauen Anlagen hinaus.

»Deine Mutter wird uns alle überleben«, sagte sie.

Die Arbeiter zündeten sich Zigaretten an. Henry

sah sich nach Schildern mit der Aufschrift »Feuergefährlich« um. Tanja und Nicholas kabbelten sich verstohlen um die Plätze. Je länger der Wagen stand, desto lauter wurde es im Fond.

»*Wohin* fahren wir? Wie heißt das Heim noch gleich?«

»Wie weit ist es denn noch? Sind wir bald da?«

»Wie alt ist Granny eigentlich? Ist Granny *wirklich* siebenundachtzig?«

»Wie kommt es denn, daß Granny siebenundachtzig ist?«

»Ja, wie kommt es denn, daß Granny schon so alt ist?«

»Sie hat sich eben Zeit gelassen«, sagte Henry.

»Ich meine«, beharrte Tanja, »wenn *du* erst zweiundvierzig bist, wie du *behauptest*, dann muß Granny doch schon fünfundvierzig Jahre alt gewesen sein, als sie dich bekommen hat. Und Mummy ist noch lange nicht so alt und hat schon uns vier. Wie *das* kommt, meine ich.«

»Ja. Wie kommt das?«

Henry wurde nachdenklich. Es war schon ein paar Jahre her, daß er zuletzt darüber nachgedacht hatte.

»Eure Großmutter hat spät geheiratet.«

»Ziemlich spät!«

»Wieso?«

»Vielleicht hat sie nicht den Richtigen gefunden.«

»Vielleicht war auch einfach niemand da. Dort, wo ich großgeworden bin, da hat es Zeiten gegeben, in denen es mehr Wölfe gab als Männer.«

»Hier war man 1918 wohl auch nicht gerade mit gesunden jungen Männern gesegnet«, sagte Henry scharf.

Tanja und Nicholas sahen den Streit kommen und hörten auf, einander zu treten.

Dann sagte Iwan:

»Das war nicht der Grund.«

»Wieso?« Henry trommelte mit den Fingern auf das Lenkrad. »Welcher Grund?«

»Von dem ihr beide geredet habt. Daß nach dem Ersten Weltkrieg einfach niemand da war, den Granny hätte heiraten können. Das war nicht der Grund.«

»Was denn dann?«

»Etwas Persönliches«, sagte Iwan. »Ein Irrtum. Ihre Eltern waren beide sehr streng, und sie lebten auf ihrem Bauernhof, weit weg von Museen und Theatern und so weiter, und es gab niemanden, mit dem sie sprechen konnte, und so hat sie einfach jahrelang nichts gemerkt.«

»*Was* hat sie nicht gemerkt?«

»Ihren Irrtum. Sie dachte, sie sei die einzige Frau

auf der Welt mit dicken, lockigen Haaren in den Achselhöhlen und unten –« Er sah die Augen seines Vaters im Rückspiegel auf sich gerichtet, mißdeutete ihren entsetzten Ausdruck, verschluckte, was er hatte sagen wollen, und meinte nur noch: »Na ja, also . . .«

Natascha wandte sich um und brachte Tanjas aufgeregtes Kichern mit einem einzigen Blick zum Schweigen. Sie forschte in den Zügen ihres älteren Sohnes angestrengt nach einem beruhigenden Hinweis darauf, daß er log.

»Das hast du dir doch ausgedacht! Iwan!«

Iwan war bleich, aber gefaßt. Er schüttelte den Kopf.

»Wer hat dir das erzählt?«

»Sophie.«

Sophie log nie. Die Familie saß in tiefem Schweigen. Sie alle wußten, daß Sophie, die mit der Großmutter allein zu Hause war, nie log.

Henry hörte auf zu trommeln und umfaßte das Lenkrad. Er blickte durch die grau beschlagene Windschutzscheibe geradeaus, als sei das Auto in Bewegung. Natascha drehte ihr Fenster herunter. Diesmal beschwerte sich niemand über die Kälte. In dem kleinen Spiegel sah Iwan, daß seinem Vater Tränen über das Gesicht liefen. Er fragte sich, was passieren würde, wenn die Straße wieder frei war.

Erst eine Weile später griff die Frau nach ihrer Kelle und drehte sie, als der riesige Sattelschlepper unter Rucken und Stoßen zur Seite fuhr, auf Grün. Natascha öffnete ihre Tür, stieg aus und schlug sie wieder zu. Sie ging um den Wagen herum, nahm, als ihr Mann auf den Beifahrersitz hinübergerutscht war, seinen Platz ein und ließ den Motor an.

Obwohl die Frau mit ihrer Kelle unverdrossen Grün zeigte, mußte die Autoschlange hinter ihnen noch eine Weile warten. Natascha blockierte beide Spuren, als sie ohne irgendein Signal oder auch nur einen kurzen Blick auf andere Wagen wendete und den Weg, den sie gekommen waren, zurückfuhr, fort vom Meredith House, nach Hause, die Kinder reglos schweigend auf der Rückbank, ihr Mann zitternd und mit nassem Gesicht neben ihr.

»Ich hab' ihm doch nur gesagt ...«

»Du hast ihn zum Weinen gebracht.«

»Ja, er hat geweint, aber es war nicht meine Schuld.«

»Du hast ihn zum Weinen gebracht.«

»Sophie, ich hab' ihm doch nur gesagt, was du mir mal erzählt hast.«

»Du hast ihn zum Weinen gebracht.«

»Sophie, sei doch nicht albern –«
»Ich hasse dich. Ich *hasse* dich!«
»Sophie!«

Sophie denkt nach

Sophie blätterte das hellgelbe Heft durch, um zu sehen, ob noch mehr Dinge darin standen, die sie vor Iwan retten mußte, bevor sie ihm das Projekt übergab, damit er es nach eigenem Gutdünken allein zu Ende führen konnte. Ein Abschnitt nach dem anderen fesselte ihr Interesse, ließ sie innehalten und brachte sie zum Nachdenken.

Mr. H. sagte, das Schlimmste an einem alten Menschen in der Familie sei, daß man Abend für Abend zu Hause festsitze, weil ein Feuer ausbrechen könnte, und wegen der Mahlzeiten auch Tag für Tag, und dabei könne man sich nicht einmal – wie bei Kindern – damit trösten, daß man ungefähr wisse, wie lange die Gefangenschaft noch dauern werde. Mrs. H. murmelte daraufhin etwas in einer fremden Sprache, das später so übersetzt wurde: Mit den Jungen wird es immer besser, mit den Alten wird es immer schlimmer.

Mr. H. sagte: Sie bringt es fertig, daß ich mich so alt fühle, wie sie ist. Noch älter! Aber sie ist schließlich in der zweiten Kindheit.

Mrs. H. sah beim Mittagessen erschöpft aus, aber die Diskussion darüber, ob man einen neuen, größeren Wäschetrockner anschaffen sollte, wurde vertagt, offensichtlich in der vagen Hoffnung, das Problem werde sich in Luft auflösen.

Mr. H. rief: »Ich unterhalte mich mit ihr. Okay. Weil sie Geburtstag hat. Ich tu's ja, ich unterhalte mich mit ihr. Wenn sie wenigstens etwas Interessantes zu erzählen hätte, zum Beispiel vom Buttern damals auf dem Hof in Furlay, dann würde ich mich jeden Abend mit ihr unterhalten. Mit Vergnügen! Aber das interessiert sie ja alles nicht. Über Quizsendungen will sie reden und über ihre Lieblingsserien. Ja, ja, ich unterhalte mich mit ihr. Weil sie meine Mutter ist und weil sie heute Geburtstag hat. Aber wenn ich mir die Gurgel durchschneide, dann wißt ihr, warum.«

Mr. H. sagte: »Jetzt weiß ich endlich, wofür wir sie gebrauchen können. Wir stellen sie vorn ins Fenster, zur Abschreckung für die Avon-Vertreterin.«

Mrs. H. sagte: »Ein Winter in Nowosibirsk, das würde reichen . . .«

Mr. H. zupfte ein paar Federn aus dem Hut, warf ihn zu Boden und trampelte darauf herum.

Mr. H. versprach schließlich, einen Kranz für Harry Rowe zu kaufen, der noch gar nicht tot ist. Durch ein kleines Küchenfenster kletterte er in sein Haus zurück. Später stellte sich dann heraus, daß die Scheibe dabei zerbrochen war.

Familie H. war in den letzten Jahren kein einziges Mal verreist, nicht einmal am Wochenende.

Mrs. H. sagte, wenn es den Lesesaal in der nahen Stadtbibliothek nicht gäbe, würde sie es vorziehen, auch nicht zu existieren.

Mrs. H. sagte: »Sie wird uns alle überleben!«

Sophie klappte das gelbe Heft zu und versteckte es in einer Schublade. Sie ging hinunter in die Küche. Natascha saß am Tisch, schälte Pastinaken und summte dabei vor sich hin. Sophie setzte sich ihr gegenüber. Sie griff in die Wasserschüssel, drehte die Wurzeln zwischen den Fingern und fragte:

»Was ist, wenn es die einleuchtendsten Gründe dafür gibt, etwas Bestimmtes zu tun, und bei näherem Nachdenken ebenso einleuchtende Gründe, genau das Gegenteil zu tun?«

Natascha überlegte.

»Man könnte noch länger darüber nachdenken.«

»Nein, das ist nicht das Richtige. Je mehr man darüber nachdenkt, desto mehr möchte man beides tun.«

»Dann muß man eben einfach warten.«

»Worauf?«

»Bis sich etwas ändert.«

»Und wenn sich nichts ändert?«

»Die Situation akzeptieren? Nichts tun?« Als sie Sophies Blick sah, fügte sie hinzu: »Aber ich sehe schon, du bist noch zu jung für diese Dinge. Also, lassen wir das.« Und als der gleiche Blick sie wieder traf: »Nein, ich sehe, du bist schon zu alt für diese Dinge. Also.«

»Also was?«

»Also kann ich dir nicht helfen.«

»Kann mir niemand helfen?«

»Nein.«

»Iwan blendet manche Dinge einfach aus.«

»Iwan war schon immer sehr zielstrebig.«

»Ich würde eher sagen gefühllos.«

»Er wird es einmal weit bringen.«

»Weit bringen! Als Gangster wird er enden, oder so etwas. Oder als kalter, gnadenloser Revolutionär, der Frau und Kinder sitzenläßt, um für irgendwelche erhabenen Prinzipien wildfremde Menschen umzubringen.«

»Sophie –«

»Der sie willkürlich liquidiert und Bomben wirft –«

»Sophie!«

»In revolutionären Zellen Verschwörungen anzettelt –«

»Sophie!«

»Und in einer Gefängniszelle *stirbt*! Durch Kopfschuß, so daß das Gehirn herausspritzt, ein aufgeschlagenes Ei in seinem eigenen, grausigen Omelett!«

Natascha wählte ihre Worte mit Bedacht:

»Es gibt auf der Welt alle möglichen Sorten von Menschen. Du gehörst zu einer Sorte und Iwan zu einer anderen.«

»Meine Sorte ist besser. *Freundlicher*.«

»Da könnte Iwan sagen: Ihr freundlichen Leute könnt gratis Getreidesäcke an Scharen von hungernden Bauern verteilen, ich aber plane auf der anderen Seite desselben Tales die Revolution, die ihnen ihr Land zurückgeben wird.«

»Und dabei werden Tausende getötet!«

»Ob man an seinen Wunden stirbt oder verhungert – tot ist man so oder so.«

»Meinst du, er hat *recht*?«

»Ich bin nicht sicher, daß er unrecht hat.«

»Du weißt doch, was während deiner eigenen Revolution passiert ist!«

»Ich weiß auch, wie es vorher war.«

»Ob recht oder unrecht, mögen oder respektieren muß ich ihn nicht.«

»Ein Revolutionär wird nie gemocht oder respektiert. Man verehrt ihn, oder man haßt ihn, je nachdem, auf welcher Seite man steht.«

»Ich weiß noch nicht, auf welcher Seite ich stehe. Das hab' ich doch gerade *gesagt*!«

Sie verschwand, die Tür hinter sich zuknallend, so schnell aus der Küche, daß sie nicht mehr hörte, wie Natascha sagte:

»Ich hab's gehört. Ich hab' dir schon zugehört.«

Чем дальше в лес, тем больше дров

Henry klopfte zweimal an Sophies Tür, und als kein »Geh weg!« ertönte, nahm er es als Einladung und ging hinein. In der einen Hand hielt er ein kleines rechteckiges Stück weißer Pappe, in der anderen Reißnägel und einen Hammer.

»Was willst du?«

Sophie saß aufrecht auf dem Bett und wischte sich die Tränenspuren von den Wangen.

»Ich hab' etwas für dich.«

»Was?«

»Das hier.«

Henry hielt ihr das Stück Pappe hin. Er trat ein wenig näher an das Bett heran, so daß sie die zierliche russische Inschrift sehen konnte.

»Was ist denn das? Doch nicht schon wieder ein Sprichwort!«

Henry sah sich im Zimmer um.

»An der Wand dort würde es, glaube ich, sehr hübsch aussehen.«

»Ich will's aber nicht haben.«

»Soll ich's ihr also einfach zurückbringen?«

»Ja! Nein...« Die Inschrift war schön. Sie war mit großer Sorgfalt geschrieben, das sah man. »Ach, ich weiß nicht. Es kommt darauf an, was es bedeutet.«

»Es bedeutet«, und Henry las in seinem besten Russisch vor:

»Чем дальше в лес, тем больше дров.«

»Ach so«, sagte Sophie, »dann möchte ich es natürlich *gerne* haben.«

Aus der Suche nach dem richtigen Platz an der Wand machte Henry eine Staatsaktion. Er tänzelte von einer Seite auf die andere, hielt das Stück Pappe hoch, trat zurück und wieder vor und runzelte nachdenklich die Stirn. Erst als Sophie schließlich zu lächeln anfing, steckte er endlich einen Reißnagel durch die dünne Pappe und schlug ihn in die Wand.

Er trat zurück, um sein Werk zu bewundern, und Sophie sagte:

»Was *heißt* es denn nun? Jetzt, wo es schon mal da hängt.«

»Es heißt: Je tiefer du in den Wald gehst, desto mehr Bäume findest du.«

»Ach ja?«

»Gutes Sprichwort, Sophie. Hat Hand und Fuß. Sehr tiefsinnig. Sehr überzeugend. Nicht so wie manche anderen. Ein gutes Sprichwort.«

»Ach ja?«

»Ja.«

»Und warum schickt sie's *mir*?«

Henry, schon im Begriff, das Zimmer zu verlassen, nahm seinen Hammer.

»Sie dachte wohl, du könntest es gebrauchen«, sagte er.

Parästhesie

»Wir haben es hier«, erklärte der Doktor, »mit einer simplen lumbalen Osteoarthritis zu tun, die die Nervenwurzeln einklemmt und zu dieser Parästhesie führt.«

»Ja?« sagte Henry hoffnungsvoll, »eine Parästhesie hat sie jetzt also?«

Die Familie saß am Küchentisch und hörte zu. Natascha fragte: »Was ist eine Parästhesie?« Und als der Doktor anfing, sich zu räuspern, setzte sie eilig hinzu:

»In einem Wort.«

»Ja, ganz kurz, für den Laien«, sprang Henry ihr bei.

»Für den Mann auf der Straße«, sagte Iwan.

»Für den ganz normalen Durchschnittsbürger«, sagte Sophie.

»Für Herrn Jedermann«, sagte Tanja.

»Für den –«

»Pssst!«

Nataschas scharfes Zischen schnitt Nicholas das Wort ab. Sie wandten sich alle dem Doktor zu, der sagte:

»Ihr kribbelt's in den Beinen.«

»Wie bitte?« sagte Henry Harris.

»Ihr kribbelt's in den Beinen. Ihre Parästhesie.

So würde es der Durchschnittsbürger in diesem Fall nennen.«

Natascha warf Henry einen finsteren Blick zu.

»Genau wie bei dir«, sagte sie vorwurfsvoll. »Mit dir wird es einmal genauso enden wie mit deiner Mutter. Diese Parästhesie muß ein Harrisscher Familienfluch sein.«

»Ein unbedeutender Erbfehler vielleicht«, verteidigte sich Henry.

»So wie die Bluterkrankheit«, stimmte Tanja den Familienchor wieder an.

»Oder Muskelschwund.«

»Oder Sichelzellenanämie.«

»Oder das Tay-Sachs-Syndrom.«

»Oder –«

»Pssst!«

Der Doktor stand auf und knöpfte seinen Mantel zu.

»Aber das ist bei ihr noch das geringste Problem«, sagte er. »Und in ein paar Tagen sind Sie die ganze Sorge ohnehin los. Sie bekommen Bescheid, wann Sie sie bringen können und was sie mitnehmen soll.«

Als er, gefolgt von Henry, durch die Diele zur Haustür schritt, waren seine Worte in der Küche noch zu hören: »... Entzündung der Synovialmembran ... Ankylose der Ligamente ... Muskelatrophie ... proximale Interphalangen ...«, und als Echo Henrys Klagen: »... kommt kaum noch bis zum Badezimmer ... steif wie ein Brett, es fehlt nur noch, daß es knarrt ... ganz geschwollen, die Ärmste ... sitzt mehr als zwanzig Minuten ganz still da, sie erstarrt gewissermaßen ... hielt mich heute morgen für einen Großonkel von ihr, der längst gestorben ist ...«

Natascha zog in der Küche ihre Kreise, wie eine Fledermaus, mit schnellen, nervösen Schritten. Die Kinder beobachteten sie. Als sie schließlich den Kopf hob, bemerkte sie die Kinder und die Art, wie sie sie ansahen.

»Ihr!« schrie sie und streckte einen dünnen Finger aus. »Ihr! Wenn ihr Vater und mich begraben habt, dann könnt ihr so schauen. Aber erst dann!«

Fürchterliche Streitereien

Tanja konnte sehr zornig werden, wenn sie sich gehen ließ, und im Augenblick ließ sie sich gehen. Ihre Stimme hallte schrill von der metallenen Fläche des Garagentores wider, das Nicholas herabgezogen hatte, als er sah, in welche Richtung sich die Zusammenkunft entwickelte.

»Die Sache übernommen!« rief sie. »Es war geplant, daß wir alle vier mitmachen. Nicholas und ich haben uns mit den Alpträumen solche Mühe gegeben, aber seit ihr sie abgeblasen habt, gab es bei dem Projekt für uns nichts mehr zu tun. Ihr habt euch überhaupt nicht überlegt, was wir sonst machen könnten. Ihr habt es nicht einmal versucht! Das ist ungerecht. Schließlich war es nicht unsere Schuld, daß Natascha die Sache mit den Alpträumen so schnell durchschaut hat –«

»Es war *deine* Schuld«, unterbrach Iwan sie. »Dein fabelhaftes Nachthemd, das hat sie durchschaut.«

»Es war nämlich ein durchsichtiges Nachthemd!« krähte Nicholas.

Tanja drehte sich zu ihm um und zeigte mit dem Finger auf ihn, genau wie ihre Mutter.

»Du! Du hast gut lachen! Ihr beide habt gut lachen. Aber es ist ungerecht! Sophie steigt einfach aus dem Projekt aus. Und dann haut Iwan ab und arbeitet heimlich daran weiter, jeden Tag. Ich hab' das gelbe Heft gesehen, Iwan. Ich hab's mir genau angeschaut. Es ist ganz vollgeschrieben. Um die hundert Seiten schätzungsweise! Den ganzen letzten Monat hast du reingeschrieben! Was Granny sagt. Was Daddy zu Granny sagt. Was Mum und Dad hinter ihrem Rücken über Granny sagen. Alles! Und wißt ihr, was er hinten drin hat? Tabellen! Tabellen und Anhänge! Anhänge und Tabellen für *alles*. Was Granny ißt. Was Granny anhat. Was Granny trinkt. Wann sie abends zu Bett gebracht wird. In einer Liste steht sogar, wieviel Prozent von jeder Waschmaschinenladung Grannys Sachen sind! Er hat gehört, wie Natascha sich beklagt hat, daß bei jeder Wäsche neunzig Prozent Grannys nasse Bettücher seien, und jetzt sortiert er jedesmal heimlich die Wäsche und wiegt Grannys Sachen.«

»Das glaub' ich nicht«, sagte Sophie. »Machst du das wirklich?«

»Das geht dich nichts an«, schnauzte Iwan sie an. »Du hast mit dem Projekt nichts mehr zu tun. Du bist hier nur geduldet.«

»Weil du mich nicht rausschmeißen kannst!« gab Sophie höhnisch zurück.

»Genau deswegen.«

»Iwan, ich hab's dir schon einmal gesagt: Du bist ein Fanatiker.«

Tanja trat gegen die Teekiste, auf der sie saßen.

»Halt! Fangt ihr schon wieder an! Iwan! Iwan! Iwan! Ich rede von *mir*! Von mir und Nicholas! Was können *wir* tun? Nichts! Granny kommt am Montag ins Meredith House, und er redet schon wieder nur von *sich*. Sophie, er soll sich etwas Gutes für Nicholas und mich ausdenken.«

Nicholas sagte:

»Ich will aber gar nichts tun. Ich steige aus, so wie Sophie. Mir ist es jetzt egal, wo Granny hinkommt. Ich kann diese fürchterlichen Streitereien einfach nicht mehr ertragen.«

»Genau das sagen Mum und Dad auch!«

»Vielleicht haben sie ja recht.«

Tanja schrie ihn an:

»Du hast Granny nicht lieb, das ist es nämlich. Du hast sie nicht lieb!«

»Ach, sei doch still, Tanja!« sagte Sophie.

»Sag mir nicht, ich soll still sein. Sei selber still!«

»Ich hab' doch bis jetzt fast gar nichts gesagt! Und die anderen auch nicht! *Du* stolzierst hier doch die ganze Zeit herum und ärgerst dich in deinem selbstsüchtigen Spatzenhirn, daß du in der Komödie nicht der Star bist.«

»*Komödie*? So ist das also! Sie ist nicht nur zu feige, weiter mitzumachen, Ihre hochnäsige Majestät befinden auch noch, daß es eine *Komödie* ist.«

»Es *ist* eine Komödie. Das Ganze ist eine Komödie, und zwar eine ziemlich miese, wenn du mich fragst. Das Sozialkundeprojekt läuft Montag früh aus. Iwan wird seinen Text über Granny abgeben und dafür eine Eins mit Stern kassieren, da bin ich mir ganz sicher. Iwan wird sich blendend fühlen, du wirst sehen. Aber Dad nicht.«

Sie wandte sich von Tanja ab und Iwan zu.

»Dad kann sich im Lehrerzimmer kaum noch blicken lassen, wenn sich die Einzelheiten erst herumgesprochen haben. Die anderen Lehrer werden es alle lesen, da kannst du Gift drauf nehmen. Sie werden es nicht zugeben, aber lesen werden sie's. Miss Ballantyne wird wahrscheinlich so diskret sein, das Heft zu ›verlegen‹, bevor am Trimesterende die Arbeiten gezeigt werden, aber gelesen haben es bis dahin alle. Es wird sich herumsprechen. Und dann wird einer von ihnen, irgendeiner, der ein bißchen gemeiner ist und sich mehr traut als die anderen, Dad in der Pause ganz nebenbei fragen: ›Wie geht's denn deiner alten Mutter, Henry?‹ Und damit *weiß* er, daß alle es gelesen haben. Und wenn er dann den Tränen nah nach Hause kommt und Iwan ansieht, dann schaut Iwan ihm ungeniert in die Augen, nicht wahr, Iwan? Du schaust ihm ungeniert in die Augen und redest etwas von wegen ›Wo gehobelt wird, da fallen Späne‹!«

»Unsinn, das wird nicht passieren.«

»Wieso bist du dir so sicher?«

»Weil alles schon genau geplant ist, deshalb. Niemand in der Schule wird das Projekt je zu Gesicht bekommen.«

»Nicht?«

»Nein! Hör zu. Wenn das Projekt fertig ist,

lasse ich es auf dem Küchentisch liegen. Natascha wird es überhaupt nicht bemerken –«

»Zum Glück, sonst würde sie dir eine runterhauen.«

»Natascha bemerkt es nicht. Aber Henry. Er schaut hinein, um zu sehen, wie ich mich in der Schule mache, und wenn er merkt, was er da vor sich hat, liest er das Ganze von vorn bis hinten durch –«

»Und verpaßt dir eine Tracht Prügel.«

»Und zeigt es Natascha. Sie liest es ebenfalls. Am Abend reden sie im Bett darüber, und am nächsten Morgen kommt er und verlangt eine Erklärung.«

»Und schlägt dir in dein widerwärtiges Gesicht!«

»Und wenn schon! Das Granny-Projekt existiert trotzdem weiter.«

Sophie lachte verächtlich.

»Er wird es zerreißen.«

»Ich hab' aber Kopien.«

»Oh.«

Schweigen trat ein. Dann fragte Sophie:

»Du hast dir alles genau überlegt, nicht wahr?«

»Natürlich hab' ich das. Sonst hat es keinen Zweck.«

»Es macht mich ganz krank, wenn ich daran denke, was aus meiner Idee geworden ist.«

»Es klappt, Sophie, glaub mir. Hör zu. Er wird mich fragen, was das Ganze soll, und ich werde es ihm sagen. Er wird stark bezweifeln, ob es sehr klug ist, etwas so Persönliches in der Schule abzuliefern, an der er unterrichtet. Er wird mir etwas von Familiensolidarität erzählen –«

»Familien*sinn*.«

»Was?«

»*Sinn*, Iwan. Es heißt Familien*sinn*. Oder auch Familienloyalität. Aber nicht Familiensolidarität. Du mußt aufpassen, Iwan. Du fängst an, diese ganzen verschwommenen Sozialkundewörter mit der Realität zu verwechseln!«

»Dann eben Familiensinn. Was auch immer, er wird davon reden. Dann gehe ich zum Gegenangriff über. Ich erzähle ihm von unseren Befürchtungen wegen Granny. Sie werden sagen, wie scheußlich Dad sich fühlen wird, wenn mein großartiges Projekt in der Schule landet. Dann sage ich, wie scheußlich wir uns fühlen werden, wenn Granny in diesem Heim landet.«

»Du willst ihnen also drohen.«

»Das nennt man verhandeln, Sophie.«

»Das nennt man Einschüchterung.«

»Ich nenne es auf einen tragfähigen Kompromiß hinarbeiten.«

»Ich nenne es *Erpressung*.«

»Nenn es, wie du willst. Wenigstens ist es ein Plan, und zwar einer, der höchstwahrscheinlich funktionieren wird.«

»Genau so ein Plan, wie wenn man die Kinder seines Feindes entführt. Oder den Leuten die Fingernägel herausreißt, um an bestimmte Informationen zu kommen.«

Im Dämmerlicht der geschlossenen Garage schimmerte Nicholas' Gesicht weiß vor Entsetzen.

»Gibt es Leute, die so etwas tun?«

»Die gibt's«, sagte Sophie. »O ja, die gibt's. Leute mit hohen Idealen und keinerlei Gefühl. Leute wie Iwan.«

Da schlug Iwan Sophie. Er schlug sie mit der geballten Faust hart ins Gesicht. Seine spitzen Knöchel trafen den Knochen über ihrem Auge. Der Schmerz war heftig. Sie barg den Kopf zwischen den Knien und preßte ihre Handfläche gegen den Schmerz, fester und fester, um ihn zurückzudrängen, ihm die schneidende Schärfe in ihrem Gehirn zu nehmen.

Tanja schnellte auf ihren Bruder zu. Sie kniff ihn in den Arm, drehte die Hautfalte mit aller Kraft und grub zur Sicherheit noch ihre Fingernägel hinein. Helle Schmerzenstränen sprangen Iwan aus den Augen. Mit der freien Hand schlug er Tanja ins Gesicht. Sie verlor das Gleichgewicht und taumelte rückwärts gegen Nicholas, der sich dabei den Knöchel aufriß.

Niemand rührte sich. Alle vier kämpften mit den Tränen.

Eine Kaffeepause

Henry griff nach dem gelben Heft, das auf dem Küchentisch lag. Der Titel hatte sein Interesse geweckt. *Das Oma-Projekt von Iwan Harris. Sozialkunde, VB*. Das klang beeindruckend. Henry Harris schlug das Heft auf, um zu sehen, wie sein Sohn in diesem Fach vorankam. Überrascht sah er, wie umfangreich der Text war, über neunzig eng beschriebene Seiten, fast schon ein Buch.

Die Berechnung der genauen Zahl der Stunden, in denen ihr elektrischer Heizofen während einer typischen Winterwoche tatsächlich in Betrieb war, straft folgende von Mr. Harris häufig geäußerte Klage Lügen: »Wenn sie und ihr kilowattverschlingender Ofen nicht wären, dann wären unsere Stromrechnungen schätzungsweise ein Viertel so hoch.« Wie die Tabelle Stromverbrauch in Anhang 14 (siehe S. 77) zeigt . . .

Mr. und Mrs. H. schienen fast enttäuscht zu sein, als sie hörten, daß Parästhesie keine tödliche Krankheit ist . . .

Henry klappte das gelbe Heft zu und legte es auf den Küchentisch zurück. Eine Weile starrte er es an und überlegte. Dann kochte er sich langsam und mit Bedacht eine große Tasse Kaffee. Aus dem Schrank über dem Spülbecken nahm er eine Packung seiner Lieblingskekse und stellte sie zusammen mit dem Kaffee auf ein kleines Tablett. Er legte das gelbe Heft dazu und trug das Tablett aus der Küche, durch die Diele und ins Zimmer seiner Mutter, wo er, wie er wußte, würde lesen können, ohne von einem seiner Kinder gestört zu werden.

Iwan!

»*Iwan!*«

Das Gebrüll erschütterte das ganze Haus.

»IWAN!«

Iwan klappte das Buch zu, in dem er zu lesen versucht hatte, und legte es aufs Bett, direkt neben Sophie, um zu erreichen, daß sie zu ihm aufsah und das Wort an ihn richtete. Das tat sie auch.

»Na denn, viel Glück.«

»Danke.«

Die Haut um ihr linkes Auge war jetzt lila, und die ganze Gesichtshälfte war stark geschwollen.

»Hört sich an, als könntest du's gebrauchen.«

»Danke.«

»Wir können doch mit runterkommen«, bot Nicholas an.

»Nein. Danke.«

Nun ...?

Henry stand in der Küche und wartete auf seinen Sohn. Als Iwan die Tür hinter sich geschlossen hatte und sich umwandte, um vor seinen Vater hinzutreten, sah er das gelbe Heft auf dem Tisch liegen wie ein Beweisstück vor Gericht.

»Dieses Ding da«, sagte Henry, »dieses – Granny-Projekt. Nun ...?«

»Was?«

»*Ich* stelle hier die Fragen.«

Der Klang der Stimme, ihre kalte, unerbittliche Feindseligkeit erschreckten Iwan. Er spürte, auf welch dünnem Eis er sich bewegte, und versuchte deshalb, einen unverschämten Tonfall zu vermeiden, als er sagte:

»Und welche Fragen?«

Henry stützte die Handflächen zu beiden Seiten des großen Heftes auf den Küchentisch. Er verlagerte sein Gewicht ein wenig nach vorn, und schon an der Art, wie er dort stand, genau wie in der Schule hinter seinem Pult, erkannte Iwan, daß er in jene andere Rolle geschlüpft war, in der seine Schüler ihn kannten, und daß mit dem Henry, der er zu Hause war, nicht mehr zu rechnen war.

»Zum Beispiel, was du damit vorhast.«

»Ja, also ... Am Montag muß ich es abgeben.«

»Soll das ein Witz sein?«

»Ein Witz?«

»Gut. Also kein Witz.«

»Nein.«

»Hast du dir das Thema selber ausgesucht?«

»Ja. Das heißt, eigentlich war es Sophies Idee.«

»Sophies Namen sehe ich hier nirgends.« Er nahm das Heft in die Hand, musterte es mit sarkastischem Lehrerauge und suchte Sophies Namen, der nicht daraufstand. Iwan wurde wütend. Er empfand dieses plötzliche Schulmeistern als eine unfaire Verletzung ihres Verhältnisses zueinander und sagte abweisend:

»Sophie ist schon vor einiger Zeit ausgestiegen.«

»Hat sie sich vielleicht eines Besseren besonnen?«

Iwan kämpfte gegen die aufsteigende Panik an. Das Gespräch, das er sich viele Male ausgemalt hatte, geriet außer Kontrolle. Er hatte es, wie er erkannte, in Gedanken stets im Griff gehabt, den Verlauf der Diskussion und ihre Themen selbst bestimmt. Und nun kam es ganz anders. Sein Vater versuchte, ihn mit Tricks, mit billigen Lehrertricks, vom Thema abzubringen, damit er wütend wurde und sich klein und häßlich vorkam. Es hieß also Ruhe und kühlen Kopf bewahren, solch ungute Gefühle gar nicht erst aufkommen lassen. Gefühle trüben den Verstand. Kühlen Kopf bewahren, das war das wichtigste.

»Ja, Sophie hat es sich anders überlegt.«

»Und dann hast *du* die Sache zu Ende geführt. Allein.«

»Ja.«

»Es ist also *dein* Werk.«

»Ja. Zum größten Teil.«

»Warum?«

»Warum? Na, für Sozialkunde.«

»Keine Ausflüchte bitte. Ich frage dich noch einmal. Warum hast du das getan?« Er war jetzt wirklich wütend.

Iwan stand schweigend da. Die Worte, die er sich zur Rechtfertigung des Projekts zurechtgelegt hatte, klangen ihm in den Ohren – verhandeln, auf einen tragfähigen Kompromiß hinarbeiten, legitimes Anliegen. Und dann hörte er Sophies klare, unerbittliche Stimme mit ihrer eigenen, schonungslosen Version dessen, was er plante: Drohungen, Einschüchterung, *Erpressung*. Plötzlich erschienen Sophies Worte ihm realer und seine eigenen schwach, nichtssagend, sinnlos. Iwan war stolz, und er war ehrlich. Er sah seinem Vater ins Gesicht und sagte:

»Es sollte eine Art Erpressung sein.«

»Aha.«

»Damit Oma nicht ins Heim kommt.«

»Entweder Granny bleibt hier, oder du gibst das in der Schule ab?«

»Genau.«

»Aha.«

Henry ging in der Küche auf und ab, als denke er über die Konsequenzen nach. Ab und zu warf er Iwan, der keine Regung zeigte und ihn nur beobachtete, einen raschen Blick zu.

Henry blieb am Fenster stehen.

»Sag mal«, fing er wieder an, »wenn ich nun klein beigeben würde, würdest du dann morgen mit leeren Händen in die Schule gehen und ein Ungenügend in Kauf nehmen, weil du nichts vorzuweisen hast? Oder hast du noch ein anderes Projekt mit einem weniger heiklen Thema in petto?«

»Natürlich nicht!«

»Die Frage scheint dich zu überraschen.«

»Na ja . . . Das wäre doch – unehrenhaft.«

»Und das hier?« Er stieß abrupt auf das Heft nieder und klopfte heftig mit den Knöcheln darauf. »Dieses Ding hier. Dieses gemeine, unloyale Dokument. Dieses verletzende, gefühllose Stück Dreck. Dieses Machwerk eines Lauschers an der Wand. Empfindest du das nicht als unehrenhaft?«

»*Empfinden* schon. Doch, wirklich«, räumte Iwan ein. »Ich glaube aber nicht, daß es das *ist.* Bei Sophie hat das Gefühl gesiegt. Darum ist sie auch mittendrin ausgestiegen. Ich habe mir damals alles nochmals überlegt, das ist ja klar. Aber ich fand es trotzdem richtig, also hab' ich weitergemacht.«

»Mein Gott, Iwan.«

Sein Vater ließ sich schwer auf einen Stuhl fallen.

»Iwan, du bist ein Fanatiker, weißt du das?«

»Das sagt Sophie auch.«

»Ich weiß nicht.« Henry stützte den Kopf in die Hände. »Ich weiß nicht, Iwan. Ich weiß wirklich nicht. Daß mein eigener Sohn so etwas tut, sich das alles so kalt und unmenschlich ausdenkt, das läßt mir das Blut in den Adern gefrieren. Wenn du so weitermachst, ohne jedes Mitgefühl, ohne jede Phantasie und Wärme, dann wirst du aus deinem Leben weiß Gott was für ein barbarisches, verkorkstes Chaos machen. Was soll aus dir nur werden!«

»Sophie meint, ich werde als Revolutionär im Gefängnis enden.«

»Mein Gott, Iwan! Was für eine Vergeudung, was für ein Bankrott!«

»Ich seh' nicht ein, warum.«

»Im Gefängnis kann man doch nichts *tun*. Man sitzt nur da und verplempert sein Leben, *das* ist es! Wenn du etwas ändern, die Dinge ein bißchen besser machen willst, wenn du ein Ziel erreichen willst, dann mußt du draußen bleiben, hier bei uns!«

Er sah, wie sich die Züge seines Sohnes verhärteten.

»Aber laß nur. Geh jetzt.«

»Ich soll gehen?«

»Ja, geh. Geh zu Sophie. Wenn du sie überreden kannst, dir zu helfen, dann müßtet ihr bis Montag früh irgendeinen Notbehelf für das Sozialkundeprojekt zustande bringen. Du hast hier noch eine Menge Statistiken. Mach etwas anderes daraus. Euch wird schon etwas einfallen.«

Iwan war stolz und ehrlich, und er hatte Mut.

»Ich gebe das Oma-Projekt am Montag ab«, sagte er. »Es sei denn, du versprichst mir, daß ihr sie hierbehaltet. Dafür hab' ich es schließlich geschrieben. Es war ein schweres Stück Arbeit. Ich habe ein

Ziel, an das ich glaube, und daran hat sich nichts geändert. Du bist gekränkt und wütend auf mich, aber das wußte ich vorher. Damit habe ich von vornherein gerechnet und trotzdem weitergemacht. Es ist sinnlos, jetzt klein beizugeben. Wenn du dir nicht vorstellen kannst, daß ich mir das alles vorher überlegt habe, dann mußt du ja denken, ich hätte das Ganze nur zum Spaß gemacht. Das hab' ich aber nicht. Du kannst das Heft ruhig wegwerfen, ich habe Kopien –«

»Iwan, am liebsten würde ich dich jetzt verprügeln!«

»Das würde auch nichts nützen.«

»Aber ich würde mich besser fühlen.«

»Gefühle!«

Henrys Hand ballte sich zur Faust, als er den leisen Spott in Iwans Stimme hörte. Er hätte ihm die Faust ins Gesicht geschlagen, wenn die Erinnerung an Sophies Auge, ihr geschwollenes, verfärbtes, durch den Bluterguß völlig verunstaltetes Gesicht nicht noch so frisch und real gewesen wäre, daß der Gedanke an die unausbleiblichen Folgen ihn davon abhielt. Stattdessen rief er:

»Raus! Raus hier! *Raus*!«

Und Iwan ging hinaus, so ruhig und bedächtig, wie er hereingekommen war.

Natascha saß auf dem Bett und streifte sich die Strümpfe ab.

»Ich kann's nicht fassen. Ein Erpresser in meiner eigenen Familie. Mein erstgeborener Sohn. Mein eigen Fleisch und Blut. Und von allen Verbrechen ausgerechnet dieses! Wenn er wenigstens etwas Nützliches wäre, ein Giftmischer zum Beispiel, der sich an seiner Großmutter übt!«

»Ich könnte ihn wirklich verprügeln, Natascha. Mit Freuden!«

»Du hältst ihn fest, und *ich* verprügle ihn.«

»Wir könnten ihn aus dem Haus werfen. Er hat mit dem, was er getan hat, jedes Recht verwirkt, Mitglied dieser Familie zu sein. Wie alt ist er? Was sagt das Gesetz? Ist er alt genug, um vor die Tür gesetzt zu werden?«

»Любовь не картошка«, sagte Natascha, »Не выбросишь в окошко.«

»Das hab' ich noch nie gehört«, sagte Henry.

»Ich hatte bisher auch noch nicht die traurige Veranlassung, es zu sagen.«

Sie drapierte ihre Unterwäsche über dem Fußende des Bettes.

»Hör zu, Liebling«, sagte sie zu ihm, »ich habe einen Plan . . .«

Ein Feuer

Am Sonntag abend machte sich Henry auf die Suche nach Iwan. Er sagte ihm, Natascha und er hätten sich alles noch einmal durch den Kopf gehen lassen und beschlossen, Granny solle bleiben. Iwan stand daneben, als Henry das Meredith House anrief, um seinen plötzlichen Sinneswandel bekanntzugeben. Nachdem er aufgelegt hatte, übergab Iwan ihm das gelbe Heft und sämtliche Kopien, die er gemacht hatte.

Er war erstaunt, als sein Vater sich vergnügt bei ihm bedankte und ihm auf den Rücken klopfte.

Henry ging in die Dunkelheit hinaus und entzündete neben dem Komposthaufen ein kleines Feuer. Er verbrannte alles.

Iwan stand in einiger Entfernung im Schutz der Büsche und fühlte eine unerklärliche Unruhe in seinem Innern. Er sah zu, wie die grob zerrissenen Überreste vieler Arbeitsstunden in schönen orangefarbenen Flocken emporschwebten und dann mit der Schwärze des Himmels verschmolzen. Er dachte keinen Augenblick daran, sein Vater könnte gegen ihre Abmachung verstoßen, und doch fühlte er sich zutiefst unbehaglich.

Henry stocherte mit einem langen Stock enthusiastisch in dem kleiner werdenden Feuer und bewachte es, bis es vollständig erloschen war. Vom Anfang bis zum Ende pfiff er laut und lebhaft vor sich hin.

Ungenügend

»Und du hast nichts für mich, Iwan?«

»Nein.«

»Auch keine Notizen? Etwas, das du noch nicht ausgearbeitet hast?«

»Nein.«

»Eine Liste der Bücher, die du gelesen hast?«

»Leider nein.«

»Du weißt, daß diese Hausarbeit fünfzig Prozent der Trimesternote ausmacht.«

»Ja, ich weiß.«

»Darf ich also um eine Erklärung bitten?«

»Es tut mir leid.«

»Es tut mir leid ist keine Erklärung.«

»Tut mir leid.«

»Also ein Ungenügend. Mehr geht nicht, so leid es mir tut.«

»Schon gut.«

»Gut... also ein Ungenügend. So leid es mir tut.«

»Ist schon in Ordnung, Miss Ballantyne, wirklich.«

»Ja ... Also dann, Ungenügend. Tut mir leid.«

Schachmatt

Als Natascha beim Abendessen offiziell bekanntgab, daß Granny nun doch nicht ins Heim kommen werde, schnitten Tanja und Nicholas kleine Glückwunsch- und Triumphgrimassen zu Iwan hinüber. Iwan, dem das erste Ungenügend seines Lebens noch immer zu schaffen machte, antwortete mit einem knappen Nicken und wandte sich beifallheischend Sophie zu. Schließlich hatte er das gemeinsam angestrebte Ziel erreicht, und wenn sie nicht die Mittel billigte, so doch gewiß den Zweck.

Sophie aber sah ihn nicht an. Sie lauschte noch Nataschas Worten:

»... kann die Dinge mit den Augen anderer klarer sehen. Manche würden es vielleicht Erpressung nennen. Ich dagegen glaube eher, daß es für meinen lieben Sohn die einzige Möglichkeit war, uns zu zeigen, wie sehr ihm das Wohlergehen seiner lieben Granny am Herzen liegt.«

Über die Schüsseln hinweg lächelte sie Iwan zu, ein Lächeln voll vergnügter Bosheit.

In Iwan stieg erneut das höchst beunruhigende Gefühl auf, das er empfunden hatte, als er seinen Vater beim Feuermachen so fröhlich hatte pfeifen hören. Führten sie etwas im Schilde? Waren sie deshalb alle beide so in Hochstimmung, so einig? Sie saßen am Tischende wie Glücksspielpartner, die jede Menge Asse in den Ärmeln haben.

»Iwan hat seinen Standpunkt klar vertreten. Seine Granny muß in diesem Haus versorgt werden. Richtig?« Sie sah Iwan mit hochgezogenen Augenbrauen an. Er witterte eine Falle, wußte aber nicht, was für eine. Er nickte. »Gut. Sehr gut«, sagte sie. »Es bleibt also dabei. Eure Großmutter wird weiter bei uns wohnen. Und Iwan wird sich um sie kümmern.«

»Was?«

»Iwan?«

»Ganz allein?«

»*Ich?*«

Natascha schwenkte voller Anmut beide Hände. »Iwan, Sophie, Tanja, Nicholas. Wer was macht oder nicht macht, ist mir gleich. Saubermachen, einkaufen, füttern, Tassen holen, Fernseher bedienen, Bettzeug abziehen, waschen und bügeln, ihre Toilette saubermachen, ihr die Medikamente geben und sie ins Bad begleiten, ihre Kleider ausbessern, ihre Rente holen, Pfefferminzbonbons kaufen, Wärmflaschen füllen, sich ihre Sorgen anhören, den Arzt holen, nach der Schule, abends, am Wochenende und in den Ferien bei ihr bleiben, ihr Zimmer warm halten, ihre Kissen aufschütteln, ihr Wasserglas nachfüllen –« – ihre Hände tanzten fröhlich über die Teller und Schüsseln – »ihre Brille suchen, ihr Buch wiederfinden, ihre Wolljacken vom Boden auflesen, ihr Fenster aufmachen, ihr Fenster zumachen, ihre Vorhänge zuziehen, jedes Jahr im Dezember ihre letzten Weihnachtskarten abschicken, sie trösten, wenn ihre Freunde sterben, sie zum Essen überreden –«

Das alles schnurrte sie herunter, als wäre es kaum der Rede wert, als nähme es nicht die geringste Zeit in Anspruch, als hätte es nicht über Jahre ihr halbes Leben ausgefüllt.

»Einigt euch untereinander, oder überlaßt alles Iwan. Mir ist es gleich. Für mich ist der Fall erledigt. Iwan wird alles regeln.«

Iwan starrte sie an.

Sophie sagte: »Was? *Alles*?«

»Ja, alles. Alles, was euer Vater und ich bisher gemacht haben.«

»Und ihr? Was macht ihr?«

»Wir haben natürlich auch unsere Pflichten.«

»Was für Pflichten?« fragte Nicholas, der vor einem Rätsel stand.

»Ach, weißt du«, sagte Natascha leichthin, »wir schauen ab und zu bei ihr herein, wenn der andere Fernseher kaputt ist. Wir grämen uns, weil sie ins Heim kommt. Henry wird hin und wieder ihretwegen einen Alptraum haben. Ich brauche meinen Schlaf und werde deshalb nur am Samstagmorgen um ihre Porzellanfigürchen herum Staub wischen. Das dürfte alles sein, was ihr für sie getan habt. Habe ich etwas vergessen?«

»Das ist nicht dein Ernst«, sagte Tanja. »Das kann doch nicht dein Ernst sein!«

»Mein voller Ernst!« Ihre Hand sauste wie ein Blitzschlag auf den Tisch herab, so daß die Teller hüpften. Den Kindern stand das Herz still. »*Es-ist-mein-voller-Ernst*!«

»Aber –«

»Kein Aber! Kein Wenn und Aber. Keine Drükkebergerei. Beim ersten Maulen, das ich höre, geht entweder *sie*, oder *ich* gehe.«

»*Du* gehst?«

»Du? Du gehst weg? Wohin denn?«

»Ja, wohin denn?«

»Wohin? Wohin ich gehe? Das werde ich euch doch nicht auf die Nase binden! Ich werde schon eine Wohnung finden. Und Henry sage ich auch, wo sie ist. Dann kann er kommen, und wir können dort in Ruhe und Frieden zusammen sein.«

»Das kannst du doch nicht machen!«

»Und ob ich kann. So habe ich jahrelang gelebt, bis Iwan auf die Welt kam, und so kann ich wieder leben. Dann bin ich euch alle los und kann auch wieder arbeiten.« Sie sah sie reihum finster an, eine schöne, gefährliche Hexe. »Nach all den Jahren ununterbrochener Schinderei wird es mir ein Genuß sein, nur zu arbeiten.«

Die Kinder verstummten. Endlich glaubten sie ihr.

Iwan sprach als erster.

»Erpressung«, sagte er und brach in Gelächter aus. »Schachmatt! Gratuliere!«

Sie streckte ihm über den Tisch die Hand entgegen. Er nahm sie, beugte sich vor und küßte sie, zum erstenmal in seinem Leben.

»Mein eigen Fleisch und Blut«, sagte sie. »Du wirst es einmal weit bringen.«

Ruf Iwan

Natascha schwebte in Mrs. Harris' Zimmer. Sie sah glücklich aus. Ihre Absätze waren unendlich hoch, ihre Röcke umschimmerten sie, wenn sie sich bewegte, ihre Armbänder klimperten, und die Ohrringe blitzten. Am Oberteil ihres Kleides glitzerten fein aufgestickte goldene und silberne Spiralen. Ihre Augen strahlten.

»Oh!« sagte Henrys Mutter. »Wie schön du bist!«

»Wir gehen jetzt tanzen«, verkündete Natascha.

»Tanzen? Ihr geht tanzen? Du und mein Henry? Na, so was!«

Henry trat ein und zog das Jackett seines nagelneuen französischen Anzuges über dem nagelneuen glänzendroten Hemd zurecht.

»Oh, Henry!« rief Mrs. Harris. »Du siehst so fremd aus!«

»Wir gehen jetzt tanzen, Mum«, sagte Henry.

»Wie gut du aussiehst! Wie gut ihr beide ausseht! Natascha, du bleibst ewig das junge Mädchen!«

Natascha ließ noch einmal ihre Röcke fliegen, drückte der alten Frau einen Kuß auf die Wange und entschwand an Henrys Arm.

»Na, so was«, sagte Mrs. Harris zum BBC-Nachrichtensprecher. »Na, *so was*!«

Natascha steckte noch einmal den Kopf zur Tür herein.

»Wenn du irgend etwas brauchst«, sagte sie, »egal was, ruf Iwan.«

Eine Niederlage, mit Würde getragen

Iwan trug das kleine hölzerne Tablett mit dem gekochten Ei, dem Tee und dem Buttertoast ins Zimmer. Er schob die Katze von Mrs. Harris' Schoß und setzte das Tablett dort ab. Dann ließ er sich auf dem Schemel zu ihren Füßen nieder, um ihr beim Essen zuzusehen.

»Als Fenster bist du ziemlich ungeeignet, junger Mann«, sagte Mrs. Harris. »Außer dir sehe ich gar nichts.«

»Warum, was stimmt denn nicht mit mir?«

»Nichts. Dein Charme ist zweifellos umwerfend, aber ich wollte mir die Hochzeit ansehen.«

»Welche Hochzeit?«

»Hinter dir. Im Fernsehen.«

Iwan drehte sich um, und in der Tat füllte den Bildschirm hinter ihm die ganze Prachtentfaltung einer Trauungszeremonie. Die Braut erbebte reizend, als die Brautjungfern eine nach der anderen auf sie zutraten, die Falten ihres Schleiers ordneten und ihr süße, ganz persönliche, ermutigende Worte ins Ohr flüsterten. Der Bräutigam zupfte an seinen steifen Manschetten und runzelte nervös die Brauen in Richtung seines Trauzeugen. Die Kirche füllte sich mit riesenhaften Hüten.

»Die Farben sind ja *schrecklich*. Alles ist grün.«

»Hör auf, laß sie in Ruhe. Sie sind völlig in Ordnung. Laß die Finger davon!«

»Die Braut ist auch ganz grün.«

»Überhaupt nicht. Sie ist schön.«

»Sie ist *grün*. Alle sind grün.«

»Tom Handley ist grün. Der, der so finster hinter der Säule hervorschaut. Er wollte Angela heiraten und hat sich jahrelang um sie bemüht. Er ist grün vor Neid, weil Marcus sie gekriegt hat.«

»Marcus ist auch grün. Alle sind grün.«

Mrs. Harris' Proteste ignorierend, glitt Iwan von seinem Schemel und rutschte auf den Knien zum Fernsehapparat. Er machte sich daran zu schaffen, bis das Fahlgrün des Brautkleides in ein strahlendes Weiß überging, die Wangen der Braut sich rosig färbten und die zahlreichen Trauben am Hut der Brautmutter mit einemmal zu Kirschen reiften.

»Oh!« rief Mrs. Harris. »Ich hatte ja keine Ahnung!«

»Sogar Tom Handley sieht jetzt besser aus. Iß dein Ei auf.«

»Eigentlich liebt sie diesen Tom Handley. Sie hat ihn schon immer geliebt.«

Jetzt betrachtete auch Iwan die Braut mit Interesse.

»Warum heiratet sie dann Marcus?«

»Tom hat sie nie gefragt.«

»Warum hat sie nicht *ihn* gefragt?«

»Sie ist nicht so durchtrieben!« Mrs. Harris kicherte bei dem schockierenden Gedanken.

»*Durchtrieben*? Und wie würdest du es nennen, daß sie, nur um Tom zu ärgern, den armen Marcus heiratet?«

Mrs. Harris wich zugunsten ihres Lieblings einer Antwort aus:

»Tom Handley hatte seine Chance! Er ist selber schuld. Er hat es sich selbst zuzuschreiben. Der ist so schwer von Begriff, der würde zweimal durch einen Obstgarten laufen und am Schluß doch nur einen Holzapfel pflücken.«

»Das entschuldigt aber Angela nicht.«

»Schschsch! Da kommt Reverend Collins. Sei jetzt still.«

Der Pfarrer breitete die Arme in Richtung der Gemeinde aus. Freudige Orgelklänge schwollen an, als der Nachspann aufstieg. Die Kamera schwenkte ins Gewölbe empor und schwebte dort oben stolz durch den Nachspann hindurch. Dann blieb der Bildschirm leer.

Seufzend vor Wonne und Befriedigung lehnte Mrs. Harris sich zurück.

»Reverend Collins sieht wieder viel besser aus. Letzten Dienstag wirkte er richtig krank, fand ich.«

»War er vielleicht grün?«

Sie antwortete nicht. Sie hielt den Kopf über ihr Essen gebeugt. Ihre Hände flatterten nervös über das Tablett und berührten bald den Teller, bald schoben sie die Tasse auf der Untertasse hin und her, als vergesse sie immer wieder, was sie gerade hatte tun wollen.

»Iß dein Ei auf.«

»Ich kann nicht.« Gereizt schob sie das Tablett von sich. Iwan streckte blitzschnell die Hände vor, um zu verhindern, daß es ihr von den Knien kippte und zu Boden fiel.

»Was ist? Was ist denn mit dem Ei?«

»Wo ist Natascha? Natascha weiß, wie ich mein Ei haben will. Wo ist Natascha?«

»Natascha ist nicht da.«

»Dann eben Henry. Henry soll kommen.«

»Henry ist auch nicht da. Sie sind alle beide weg. Wie willst du denn dein Ei?«

»Kümmere dich um *deine* Angelegenheiten! Von dir will ich mein Ei nicht gebracht bekommen.«

»Das *sind* jetzt meine Angelegenheiten. Ich werde dir dein Ei noch öfter bringen. Ich dachte, du magst es hart.«

Sie tastete auf dem Tablett nach dem Eierlöffel. Ihre steifen Finger schoben ihn über die glatte Fläche vor sich her, bis er unter dem Tellerrand verschwand. Iwan angelte ihn hervor und gab ihn ihr in die Hand.

»Soll ich es für dich köpfen?«

Geschickt schnitt er die Spitze des Eis ab.

Sie legte den Löffel wieder weg und versuchte, ihm das Tablett zuzuschieben. Er schob es zurück, wobei der Tee über den Rand der Tasse in die Untertasse schwappte.

»Du mußt essen!«

»Sag mir nicht, was ich zu tun habe!«

»Was stimmt denn mit dem Ei nicht?«

»Die Tasse fehlt! Ich bekomme mein Ei in einer Tasse, zerkleinert in einer Teetasse, so daß ich es leichter essen kann, mit Salz und Butter. Das müßtest du doch wissen!« Ihr ganzer Körper zitterte vor Ärger. Rote Flecke breiteten sich auf ihren Wangen aus, und sie atmete schwer. Sie schlug nach der Eierschale, mit der sie nicht zurechtkam, weil sie zu alt und ungeschickt war, und gemeinsam sahen sie zu, wie der Eierbecher umkippte und das Ei in einem krummen, hartgekochten Bogen über das Tablett kullerte.

Iwan sagte: »Das wußte ich nicht.«

Er blickte auf sie herab und sah plötzlich, wie alt und klein und hinfällig sie geworden war. Sophie wären sofort ein paar beruhigende Worte eingefallen, etwa: »Ich konnte ja nicht wissen, daß du dein

Ei genauso ißt wie ich, aus einer Tasse!« Doch er war nicht Sophie. Er nahm das Tablett und ging hinaus.

Zehn Minuten später kam er wieder. Diesmal waren drei Tassen auf dem Tablett, eine mit Tee, die beiden anderen mit Eiern darin, frisch gekocht und in kleine Stücke zerteilt, mit Salz und Butterflokken. Sogar den Buttertoast hatte er in mundgerechte Häppchen geschnitten.

Wieder vertrieb er die dösende Katze und setzte das Tablett auf Mrs. Harris' Schoß nieder.

»Wunderbar«, sagte sie.

Er sah ihr zu, wie sie ein Toaststückchen in die Finger nahm und es entschlossen in die gelbe Masse in der Tasse tunkte. Er nahm seine eigene Tasse und tat es ihr gleich. Es sah zwar reichlich komisch aus, dachte er bei sich, aber es schmeckte recht gut. Besser als ein ganz normales gekochtes Ei. Genüßlich und mit Appetit aß er sein Ei auf.

Nach einer Weile, als sie an ihrem Tee nippte, fragte er kameradschaftlich:

»War genug Salz dran?«

»Genau richtig«, sagte Mrs. Harris, »alles bestens! Du könntest mir mein Ei ruhig jeden Tag bringen.«

»Vielleicht tu' ich das tatsächlich«, murmelte Iwan.

Sie sah ihn neugierig an. »Kleine Umstellung in der Küche? Alles neu organisiert?«

Iwan saß in der Falle. Er versuchte, Zeit zu gewinnen.

»Ja, es hat ein bißchen Wirbel gegeben. Henry und Natascha haben entschieden, daß sie mehr Zeit für sich brauchen – außer Haus –, und so mußten wir vier ein paar von ihren Aufgaben übernehmen.«

»Und du hast dich erboten, mir mein Ei zu bringen!«

Er hätte es gern dabei bewenden lassen, doch das widersprach seiner Natur.

»Na ja ... Nicht ganz. Also, es war so ... wir haben um die einzelnen Aufgaben geknobelt.«

»Und du hast gewonnen.«

In diesem Augenblick hätte Iwan alles dafür gegeben, wenn ihm wie Sophie jederzeit ein freundliches Wort eingefallen wäre.

»Nein, das nicht. Ich hab' verloren.«

Die Kränkung färbte ihr Gesicht scharlachrot. An die Stelle der hölzernen Härte des Tabletts in ihrem Schoß wünschte sie sich die tröstliche Wärme der dicken Katze. Sie schob das Tablett von sich fort, und Iwan konnte gerade noch rechtzeitig danach greifen und es aus der Gefahrenzone schwenken.

»Morgen werde ich das Ganze besser planen«, versprach er. »Dann bist du mit dem Abendessen fertig, bevor das Programm anfängt, und wir versäumen nichts.«

Geschickter hätte er nicht vorgehen können. Bei aller Verletztheit entging ihr nicht sein unausgesprochenes Angebot, sich mit ihr hinzusetzen und ihr Gesellschaft zu leisten. Nach einer Weile sah sie auf, gab sich einen Ruck und sagte höflich:

»Eins muß man dir lassen: Du weißt eine Niederlage mit Würde zu tragen.«

Worauf Iwan ebenso höflich erwiderte:

»Du aber auch.«

Alles umgeräumt

Tanja kam mit der Wärmflasche in der Hand in Mrs. Harris' Zimmer getrottet und ließ sie vor Verwunderung fast fallen.

»Granny!« rief sie. »Hier ist ja alles umgeräumt!«

Sie sah zu Iwan auf, der in Socken auf der Frisierkommode stand und ein Poster an der Wand befestigte, auf dem eine Frau seesterngleich und einsam auf weitem, gleißendem Wüstensand hingegossen lag. Die sengende Sonne über ihr ließ alle Farbe des unermeßlichen Himmels verblassen und tauchte die fernen Berggipfel in rote Glut.

»Iwan, die Frau hat ja nichts an!«

»Das hübscheste Evaskostüm, das ich je gesehen habe«, sagte Mrs. Harris. »Sie läßt sich von beiden Seiten braten. Das Mädchen weiß, wie man's machen muß.«

Tanja sah sich um. Das Bett stand an einem anderen Platz, ebenso die Kommode und der Fernsehapparat.

»Du hast den Fernseher umgestellt«, wandte sie sich vorwurfsvoll an ihren Bruder.

»Hier ist der Empfang besser«, sagte Iwan. »Damit hat das Ganze überhaupt angefangen. Wenn ich hier jeden Abend sitzen und mir *Fairways* und *Solomon Street* anschauen muß, dann will ich wenigstens ein gutes Bild haben.«

»Er kennt sich aus mit dem Fernseher«, sagte Mrs. Harris stolz. »Die Farbe ist jetzt wunderbar. Ich kann dir gar nicht sagen, wieviel besser Reverend Collins jetzt aussieht.«

»Wo sind denn Omas Porzellansachen, die hier auf der Frisierkommode standen?«

»In dem Karton da unten.«

»Warum hast du sie weggepackt?«

»Sie stauben zu sehr ein«, sagte Iwan. »Ich habe keine Zeit zum Staubwischen. Also weg damit.«

»Kann ich was davon haben?«

»Ja«, sagte Mrs. Harris, »du kannst ein paar Sachen jetzt gleich haben und den Rest, wenn ich tot bin. Mein letztes Modellkleid hat schließlich keine Taschen.«

Tanja sah sich nach anderen Dingen um, die sie gern für sich beansprucht hätte. Über dem Bett hing ein weiteres Poster an der Wand, das noch nicht dort gehangen hatte, als sie das letztemal hereingekommen war. Es war an die zwei Meter breit und zeigte einen Streifen gigantischer Brandung, riesige, grüne, wollüstig sich bäumende Wogen, schäumende Brecher und wirbelnde Gischt. Es war so groß und grün, so mächtig und gewaltig, daß es einen zu verschlingen schien, wenn man es ansah.

»Oh, Mann«, hauchte Tanja, »wo hast du das her?«

»Von Woolworth«, sagte Iwan. »Toll, was?«

»Mir wird ganz schwindlig, nur vom Anschauen«, erklärte Mrs. Harris, »und hinter der Frisierkommode sehe ich die ganze Zeit Piraten.« Ein wenig wehmütig fügte sie hinzu: »Ich hätte mein Leben am Meer verbringen sollen.«

Iwan sprang zu Boden. Er nahm zwei weitere gerahmte Bilder von der Wand.

»Die Frau da links mag ich sowieso nicht«, erklärte Mrs. Harris. »Sie ist so etepetete. Die wird mir nicht fehlen. Aber der Hirsch an dem Berghang wird mir fehlen. Den hab' ich gern. Ich verstehe ihn, und er versteht mich.«

Iwan versenkte das Portrait der Frau in dem Karton und legte das Bild mit dem Hirsch auf den Tisch.

»Ich mach' nur noch das letzte Poster fest, dann hänge ich den Hirsch woanders auf.«

»Was ist denn drauf?«

»Es wird dir gefallen«, sagte Iwan und entrollte das dritte Riesenposter. »Es ist eigentlich ganz gut geworden.«

Er hielt es für sie hoch, so weit seine Arme reichten, und grinste, als sie es kurzsichtig beäugte.

»Menschenskind!« rief Tanja. »Iwan!«

In einem Garten saß auf einem Stuhl eine sehr alte Frau, im Schoß eine riesenhafte schlafende Katze. Die Frau blinzelte ein wenig kurzsichtig in die Kamera. Jemand hatte ihr ein Gänseblümchen ins Haar gesteckt.

Mrs. Harris gluckste vor Vergnügen.

»Iwan, die Katze ist ja meiner Lucy wie aus dem Gesicht geschnitten!«

»Klar ist sie das. Es *ist* Lucy!«

»Lucy? *Meine* Lucy? Auf *dem* großen Plakat da? Nie im Leben!«

»Lucy und du. Letzten Sommer, im Garten. Dad

hat damals eine ganze Menge Fotos gemacht, erinnerst du dich nicht mehr?«

»Ich? Ich und Lucy?« Sie spähte noch angestrengter nach dem Poster. »Iwan! Das ist ja mein Stuhl! Und da auf der Wäscheleine hängt Nataschas Unterwäsche! Oh, Iwan, das *müssen* ich und Lucy sein.« Sie starrte auf das Bild. »Aber es ist so groß!«

»Es ist ja auch vergrößert. Ich habe es als Poster vergrößern lassen.«

»Was es alles gibt!«

Sie starrte unverwandt auf das Poster.

»Das bin ich mit Lucy? Wirklich?«

»Ja, wirklich.«

»Tatsächlich!« Sie streichelte die Katze schnell und heftig, in der Hoffnung, sie dadurch zu wekken. »Lucy, sieh uns nur an! Sehen wir nicht vornehm aus? Sehen wir nicht phantastisch aus? Ich kann mir gar nicht vorstellen, daß uns irgend jemand sympathischer sein könnte als wir beide, meinst du nicht auch, Lucy? Ganz bestimmt nicht!«

»Bist du fertig? Kann ich es jetzt aufhängen?«

»Also, so was! Ich und meine Lucy. Ja ja, nur zu! Steh hier nicht dumm herum, häng es auf! Aber vorsichtig. Paß auf, daß du uns nicht zerreißt, mich und Lucy. Gib gut acht.«

Als Iwan und Tanja gegangen waren, bewunderte sie noch immer sich selbst und ihre Katze. In der Küche angekommen, sagte Tanja:

»Wenn sie das sehen, kannst du was erleben.«

Iwan erwiderte:

»Es ist doch Grannys Zimmer. Das geht nur Granny was an.«

Er dachte, sie würde Streit anfangen, doch sie zuckte nur die Achseln und sagte:

»Wahrscheinlich hast du recht. Jetzt, wo sie nur noch ab und zu bei ihr hereinschauen, um zu sehen, ob alles in Ordnung ist, sind sie in allem viel großzügiger geworden.«

»Sie können sich's leisten«, sagte Iwan mit Gefühl.

Hausaufgaben

Iwan kam pfeifend und mit großen Schritten in Mrs. Harris' Zimmer. In der Hand schwenkte er verführerisch die Sherryflasche.

»Fernseher aus, Granny«, sagte er und drückte auf den Knopf. »Zeit für die Hausaufgaben.«

Sie schrak so heftig aus ihrem Schlummer hoch, daß ihre feinen weißen Haare zitterten.

»Ach, du bist's, Junge. Ich war gerade ein bißchen eingenickt.«

»Gerade ein bißchen eingenickt! Schon seit *Jackanory* liegst du im Tiefschlaf.«

»Ach was, ich hab' nur meine Augen ausgeruht.«

»Quatsch!«

Sie sah ihm zärtlich und bewundernd zu, als er die üblichen Vorbereitungen traf. Er zog mit dem Fuß den kleinen Schemel näher an ihren Lehnstuhl heran und goß eine große Menge Sherry in das klebrige Glas vom Vortag. Dann holte er einen Kugelschreiber von der Frisierkommode und zog ein hellrotes Heft von seinem Aufbewahrungsort unter ihrem Lehnstuhl hervor. Er ließ sich, noch immer leise pfeifend, an ihrer Seite nieder und blätterte in dem Heft.

»Wir versäumen doch nicht *Fairways*, oder?«

»Nein«, sagte Iwan, »heute kommt *Solomon Street*.«

»Ich dachte, das kommt morgen.«

»So war's auch, aber gestern.«

»Und was ist mit *Fairways*? Ich dachte, das kommt heute.«

»So ist es auch, aber morgen.«

Verwirrt gab sie sich geschlagen. »Du paßt auf, daß ich nichts versäume, egal was, ja?«

»Aber Granny, du kennst doch die Regeln. Erst machst du meine Hausaufgaben, und danach kannst du wieder fernsehen.«

Mrs. Harris strahlte ihn an.

»Aber ja, Kind. Wo waren wir stehengeblieben?«

Iwan blätterte seine Notizen durch.

»Bei der Sache mit der toten Maus, die man aufessen muß, wenn man Keuchhusten hat«, sagte er. »Hast du da nicht ein bißchen phantasiert? Hab' ich dir zuviel Sherry eingeschenkt?«

»Nein, überhaupt nicht. Meine Mutter hat geschworen, daß so etwas damals durchaus üblich war. Die Mütter schickten nach dem Doktor in die Stadt, hat sie gesagt. ›Er muß kommen‹, sagten sie dann. ›Er muß unbedingt kommen. Sie hat ihre Maus gegessen, aber es ist immer noch nicht besser.‹«

»Ekelhaft. Und mit Spinnweben hat man Schnittwunden verbunden? War's nicht so?«

»Eine prima Methode. Du solltest es mal probieren.«

»Und in Essig eingeweichte Efeublätter gegen Hühneraugen?«

»Genau.«

»Und gegen Ohrenschmerzen warme Zwiebeln im Ohr?«

»Nicht Zwiebeln, da hast du wohl nicht richtig zugehört. Schalotten! Ein kleines Schalottenstück, schön warm in Öl.«

»Und Husten? Hatten wir Husten schon?«

»Husten? O ja, Husten. Dieser *Husten.*« Ihre Stimme klang plötzlich weicher. Sogar die Falten in ihrem Gesicht schienen sich zu glätten, während sie an längst vergangene Zeiten dachte. »Das Gehuste in der Schule. Ohgottohgottohgott, das war mir ganz entfallen. Den ganzen Tag wurde gehustet und gehustet. Manchmal konnte man vor lauter Husten die arme alte Miss Davenport kaum noch verstehen. Ein Lärm war das! Es war wie Hundegebell, genauso schlimm. Und so ging das den ganzen Winter über. Ein einziges Gehuste, ununterbrochen, bis in den Frühling hinein. Das Feuer kam kaum gegen die Kälte an. Manchmal war es so kalt im Klassenzimmer, daß die Tinte in unseren Tintenfässern gefror. In manchen Jahren wurde es erst besser, wenn man mit dem Fuß auf sechs Gänseblümchen gleichzeitig treten konnte.«

Iwan schrieb in sein Heft:

Keine Antibiotika. Endloses Gehuste, wahrscheinlich leichte Lungenentzündung. Sommer – auf sechs Gänseblümchen gleichzeitig treten.

Er sagte:

»Und haben die Mittel gewirkt? Die gegen

Frostbeulen zum Beispiel. Haben sie was genützt?«

»Ich glaube, sie konnten gar nicht wirken, Schätzchen. Wir waren ja über und über voll davon. Die meiste Zeit konnten wir kaum die Füße in die Stiefel zwängen, ohne in Tränen auszubrechen. Sogar an den Knien und an den Ohren hatten wir Frostbeulen.«

»Das klingt ja gräßlich.«

»Und die Leute haben nicht mal drüber nachgedacht. So ist das eben.«

»Bei mir ist das nicht so. Ich *würde* drüber nachdenken.«

»Ja, du. Du bist ganz der Sohn deines Vaters. Du wirst bestimmt einmal Gewerkschafter.«

»Henry? Gewerkschafter?«

»Alfred.«

»Mein *Großvater*.«

»Ja, Kind.«

Er sah, daß es ihr einerlei war, und so ließ er es dabei bewenden.

»Deswegen sind wir nach London gekommen, wegen der Gewerkschaftsarbeit. Ich hatte nichts dagegen. Ich habe auch daran geglaubt, am Schluß sogar mehr als er. Er sah immer nur, was noch zu tun war, ich sah, was sich bereits geändert hatte. Heute sieht man keine Kinderknie mit Frostbeulen mehr. Von November bis April sieht man überhaupt keine Kinderknie mehr. Aber es ist eine traurige, langwierige Arbeit, wenn man etwas verbessern will.«

»Ihr wart eben keine hartgesottenen Revolutionäre.«

»Wir waren sanfte Gemüter. Wir hätten gern auf jeden Kampf verzichtet.« Sie zupfte an den Rändern ihrer Strickjacke, und ihre Stimme wurde immer leiser. »Wenn ich daran denke, wieviel Zeit uns das alles gekostet hat, Zeit, in der wir einfach unser Leben hätten leben können, in der wir einfach hätten zusammensein können, einträchtig wie zwei Kühe auf der Weide. Manchmal frage ich mich, ob ich es wieder tun würde.«

Iwan sagte streng:

»Du würdest es tun *müssen*. Einfach deshalb, weil die Dinge da wären und darauf warten würden, daß einer sie tut.«

»Vielleicht. So wird's wohl sein.« Nach einer kurzen Pause setzte sie eigensinnig hinzu: »Trotzdem hätte ich nichts dagegen gehabt, als Kuh auf der Weide geboren zu werden und jede Menge Zeit für mich zu haben. Zeit genug, ruhig dazustehen und zuzuschauen, wie das Gras wächst. Zeit, stillzuhalten, so daß die Vögel näherkommen.« Sie kicherte leise vor sich hin. »Aber das hole ich jetzt nach. Ich bin ja schon wie eine Kuh, jetzt, wo ich alt bin.« Sie nickte zu dem Poster an der Wand empor, das sie und Lucy zeigte. »Sieh uns an. An manchen Tagen sitzen wir nur auf dem alten Stuhl dort und schauen Natascha zu, wie sie herumrennt und die Wäsche aufhängt. Wir können den lieben langen Tag ruhig dasitzen, genau wie auf dem Bild, und zusehen, wie die Wäsche trocknet.«

»Zusehen, wie die Wäsche trocknet? Den *ganzen* Tag?«

»Und zu*hören*.«

»Zuhören?«

»Ja, zuhören.« Sie schwenkte die sommersprossenübersäten Hände, um es ihm zu beschreiben. »Flatter-flatter, flatter-flatter. So geht das. Wir sitzen so lange an der Hauswand, ich und Lucy, daß wir nach einer Weile das Gefühl haben, wir wären ein Teil von ihr. Das Haus brät in der Sonne und wir auch. Der Sommer ist jetzt meine liebste Jahreszeit. Dein Vater hatte den Frühling lieber –«

»Mein *Groß*vater.«

»Ja, Kind.« Sie hörte nicht, was er sagte. »Und der Frühling *ist* auch schön. Aber der Sommer ist mir lieber . . .«

Ihre Stimme wurde wieder leiser. Nach einem Augenblick stand Iwan auf und schaltete den Fernsehapparat ein.

»Fernsehzeit, Granny«, sagte er, »komm auf den Boden zurück.«

Schweine

»Und Schweine?«

»Schweine?«

»Hattet ihr auch Schweine?«

»Schweine?« Sie sah verwirrt drein. »Schweine? Ja.« Das alte Gesicht kämpfte mit einer Erinnerung. »Deine Großmutter –«

»Meine *Ur*großmutter.«

»Sie hat mir einmal erzählt, als sie jung war und die Zeiten schlecht waren und es weit und breit keine Eicheln mehr gab, da hat ihr Vater die Jungen ihrer Katze gekocht und das Schwein damit gefüttert.«

Sie schwiegen. Iwan dachte an das kunstvolle Begräbnis, das Tanja und Nicholas ihrer toten Schildkröte bereitet hatten. Er wußte nicht, was sie dachte, und wollte sie nicht danach fragen.

Plätzchen

Sophie holte ihren Bruder auf dem Heimweg von der Schule ein und schwang ihm fröhlich ihre Büchertasche in den Rücken.

»Vorsicht!« warnte er sie. »Nicht dagegenstoßen!«

»Was hast du denn in der Schachtel?«

»Plätzchen. Miss Higgins sagt, sie seien ausgezeichnet.«

»Ausgezeichneter als die von allen anderen, stimmt's?«

»Möchtest du eins probieren?«

»Nein, danke, ich muß heute abend fit sein. Ich gehe nochmal in die Schule und helfe Kulissen malen, für unser Theaterstück.«

»Du? Du bist zum Kulissenmalen eingeteilt?«

»Ja, ich. Picasso Harris«, sagte Sophie stolz.

Sie hielt Iwan und seiner Plätzchenschachtel die Gartentür auf. Auf dem Weg holten sie Tanja und Nicholas ein. Nicholas trug über seiner Jacke eine riesige knallrote Schürze. Tanja kauerte hinter ihm und versuchte, die Schürzenbänder mit den Zähnen aufzuknoten.

»Was hast *du* denn Komisches an?« wollte Iwan von Nicholas wissen.

»Meine Schürze«, antwortete Nicholas. »Sie ist

fertig. Ich habe acht Wochen dafür gebraucht, und jetzt hat Tanja die Schleife zu einem Knoten zusammengezogen, und ich sitze für alle Zeiten fest.«

»Ich hab' nur an dem einen Band gezogen«, verteidigte sich Tanja. »Wenn du endlich lernen würdest, deine Schleifen so zu binden wie andere Leute auch, dann wär' sie einfach aufgegangen, als ich daran zog.«

»Weiß Nicholas nicht, wie man eine Schleife bindet?«

»Wieso sollte ich wissen, wie man eine Schleife bindet?« Nicholas lief rot an. »Ich bin doch kein Mädchen!«

Sophie und Iwan standen daneben und warteten, bis Tanja das Gewirr gelöst hatte. Dann stürmten alle vier auf einmal ins Haus und in die Küche, wo Natascha ausgehfertig gegen die Schranktür gelehnt stand und ungeduldig mit dem Fuß auf den Boden klopfte.

»Ihr seid reichlich spät dran«, sagte sie. »Ich warte schon eine ganze Weile.«

Iwan stellte die Plätzchenschachtel mit schwungvoll triumphierender Geste vor sie hin.

»Sieh mal!« sagte er. »Plätzchen. Ich hab' sie selbst gebacken. Sie sind wirklich sehr gut. Nimm dir eins.«

»Ich hab' eins *verdient*«, sagte Tanja, griff in die

Schachtel und fischte sich das größte heraus. »Ich habe heute einen Aufsatz geschrieben, drei Seiten lang, und Mr. Belvoir hat ihn an die Wand gehängt. Als Ansporn für die, die immer noch bei der Einleitung sind, hat er gesagt.«

»Meine Schürze ist fertig«, verkündete Nicholas, wobei er sich wie ein Mannequin drehte und wendete. »Wie findest du sie? Mein Saum war so sauber, daß ich das Band mit der Maschine zu Ende nähen durfte.«

»Ist was zu essen da?« fragte Sophie und sah sich in der Küche um. »Ich bin am Verhungern, aber ich kann nicht zum Abendessen bleiben. Ich muß noch einmal in die Schule und Bäume als Kulisse für unser Theaterstück malen. Nur vier sind dafür eingeteilt, und ich bin dabei.«

Natascha griff nach ihrem Mantel, der über einer Stuhllehne hing.

»Sehr schön«, sagte sie und zeigte auf die Plätzchenschachtel. »Sehr gut«, sagte sie mit einem Blick auf die neue Schürze. »Ich freue mich sehr über deinen Aufsatz«, sagte sie zu Tanja. »Ich wünsche dir einen sehr schönen Abend«, sagte sie zu Sophie. »Aber jetzt, wo ihr endlich da seid, muß ich sofort los. Ich bin schon reichlich spät dran.« Sie küßte sie der Reihe nach flüchtig auf die Wange und strebte dann der Tür zu.

»Im Ofen ist ein Auflauf«, sagte sie. »Euer Vater und ich kommen zum Abendessen nicht nach Hause. Wir treffen uns zu einem Tanzkurs, und danach gehen wir essen. Vergeßt nicht, den Salat gründlich zu waschen, und denkt daran, die Kruste für Granny kleinzuschneiden, sonst kommt sie nicht damit zurecht. Also, macht's gut. Wiedersehn.«

Die Küchentür schloß sich hinter ihr. Die Kinder lauschten dem leichten Tack-tack-tack ihrer hohen Absätze, das sich durch die Diele entfernte, vorbei an Grannys Zimmer. Die Haustür fiel ins Schloß, und es trat Stille ein.

Keines der Kinder regte sich. Niemand sprach.

Nach ein paar Augenblicken begann Nicholas, sich mit rotem Kopf aus seiner Schürze freizukämpfen. Als er es geschafft hatte, knüllte er den leuchtendroten Stoff zusammen und warf ihn wütend auf den Tisch.

»Sehr schön«, wiederholte er leise und sarkastisch, mit dem schwachen Akzent, den sie alle mit Natascha in Verbindung brachten. »Sehr gut. Ich freue mich sehr. Ich wünsche dir einen sehr schönen Abend. Aber ich fürchte, ich komme zu spät. Euer Essen steht im Ofen. Wiedersehn.«

»Ach, laß doch«, sagte Sophie, »so schlimm ist es nun auch wieder nicht.«

»Doch!« schrie Nicholas. »Es *ist* so schlimm!«

Er warf wilde Blicke um sich. Dann langte er plötzlich in Iwans Schachtel auf dem Tisch, packte eine Handvoll Plätzchen und schleuderte sie mit Wucht gegen die Tür, durch die Natascha soeben verschwunden war. Die Plätzchen zerbarsten in winzige Stücke, die sich über den ganzen Fußboden verteilten.

Die anderen sahen ihm in besorgtem Schweigen zu. Dann sagte Sophie:

»Prima Plätzchen, Iwan. Erstklassige Munition für deine nächste Familienrevolution.«

Und Tanja meinte bissig:

»Ich mach' die Schweinerei nicht weg, Nicholas. Auch nicht, wenn ich nach Iwans Plan mit Fegen dran bin.«

»Gib mir den Besen«, sagte Iwan, »ich mach' das schon. Schließlich ist alles meine Schuld.«

Eine traurige, langwierige Arbeit

»Was hast du gemeint, als du gesagt hast, wie es ist, wenn man etwas verbessern will?«

»Was hab' ich denn gesagt, Kind?«

»Du hast gesagt, es ist eine traurige, langwierige Arbeit.«

»Hab' ich das gesagt?«

»Ja, das hast du gesagt. Und ich hab' darüber nachgedacht. Zuerst dachte ich, du meinst vielleicht deshalb, es sei langwierig, weil du selbst es so geplant hattest. Du wolltest nicht riskieren, die Dinge zu schnell zu verändern, sonst hätte etwas schiefgehen können, und alles wäre nur noch schlechter statt besser geworden, und darüber warst du traurig. Dann dachte ich, du glaubtest vielleicht tatsächlich, daß nur kleine Veränderungen wirklich zählen, zum Beispiel keine Frostbeulen mehr an Kinderfüßen; und daß all die großen Dinge, für die manche zu bombenwerfenden Revolutionären werden, den meisten Leuten im Endeffekt nicht viel nützen. Das meint Sophie. Sie sagt, Revolutionen seien für die Katz'. Sie sagt, daß nur Sachen wie Familienplanung und Impfungen und Wohnheime für Nichtseßhafte wirklich etwas bringen. Sie sagt, wenn man nicht am Ende jedes Tages zurückschauen und einen Menschen nennen kann, dem man an diesem Tag in irgendeiner Form geholfen hat, dann kann man's gleich vergessen.«

»Nicht vergessen.«

»Was?«

»Solomon Street.«

Iwan überhörte ihre Worte.

»Sophie sagt, revolutionäre Ideale wie die Befreiung der Welt vom Kapitalismus und so etwas sind nichts als aufgeblasener Blödsinn und jeder vernünftige Mensch würde sie jederzeit gegen eine Kinderklinik eintauschen.«

»Ist es nicht schon Zeit?«

»Zeit? Wofür? Ach so, für *Solomon Street*. Nein, noch nicht. Noch lange nicht. Tanja meint, Sophie liegt völlig schief. Sie hat gesagt: ›Biete deine Kinderkliniken mal den Schwarzen an, die Freiheit wollen und das Wahlrecht, und sie werden dir ins Gesicht spucken und sagen: Nein, danke, wir nehmen lieber die Freiheit und das Wahlrecht, dann sind wir frei zu wählen und können uns frei dafür entscheiden, unsere eigenen Kinderkliniken zu bauen, und vieles andere mehr.‹ Da hat sie auch wieder recht.«

»Es muß schon fast sieben sein.«

»Nicholas meint, ich hätte dich vielleicht nicht richtig verstanden und du hättest gemeint, es sei entweder eine traurige *oder* eine langwierige Arbeit. Eine traurige, wenn alles schnell geht, im großen Stil, mit Blut und Schießen und Verwüstungen, und eine langwierige, wenn es sich mühselig dahinschleppt, mit hier einem Gesetz und da einer Bürgerberatungsstelle. Aber das kann doch nicht sein. Revolutionen sind nicht traurig. Wenn sie traurig wären, kämen sie gar nicht erst in Gang. Schau dir die Bilder ihrer Führer an. Sie sehen nicht traurig aus.«

»Ich glaube, es ist Zeit einzuschalten.«

»Ich komm' damit einfach nicht klar. Ich habe Natascha gefragt, was sie von Revolutionären hält, immerhin ist sie ja Russin. Wenn überhaupt jemand, dann müßte *sie* doch vernünftige Ansichten haben, sollte man meinen. Weißt du, was sie gesagt hat?«

»Nein.«

»Ich weiß auch nicht genau. Irgend etwas Trostloses, Russisches. Dad sagte, es klang wie: ›Sie beten so lange um gutes Wetter, bis eine Dürre kommt.‹ Was soll das Ganze dann?«

»Ich glaube, es ist Zeit. Dann kann der Apparat schon mal warmlaufen.«

»Fernseher brauchen heute nicht mehr warmzulaufen, Granny. Das war vor dem Krieg so, daß sie erst warmlaufen mußten.«

»Aber vielleicht geht die Uhr ein bißchen nach.«

»Uhren gehen heute nicht mehr nach. Das war auch vor dem Krieg so, daß Uhren nachgingen. Du solltest wirklich versuchen, ein bißchen mit der Zeit zu gehen. Ich hab' übrigens auch Dad gefragt. Unglaublich, was er gesagt hat, als ich ihn gefragt habe. Weißt du, was er gesagt hat?«

»Nein.«

»Er sagte: ›Frag mich nicht, mein Sohn.‹ Kannst du dir das vorstellen? Was soll das alles? Ich weiß nicht, was ich denken soll. Ich weiß wirklich nicht.«

»Leg dein Heft jetzt weg, Junge. Du hast genug geschrieben.«

»Das war nicht für das Projekt, Granny! Ich habe nur darüber *nachgedacht*. Nur für *mich*!«

Das darfst du nicht sagen, Tanja

In der Küche schimpfte Tanja:

»Wo ist überhaupt Iwan? Warum hat er die Kartoffeln noch nicht geschält?«

»Er ist bei Granny und schaut sich mit ihr *Solomon Street* an.«

»Nach seinem Plan, der hier am Eisschrank hängt, kann entweder Sophie morgen abend nicht ins Orchester, oder einer von uns beiden muß das Schwimmen ausfallen lassen.«

»Ich lasse diese Woche nichts mehr ausfallen«, sagte Sophie. »Ich hab' schon viel mehr getan, als ich mußte.«

»Wir haben alle mehr getan, als wir mußten.«

»Wenn ich ihr noch einmal eine Tasse Ovomaltine bringen muß, dann spuck' ich vorher rein.«

»Ihr Bettzeug *stinkt*«, beklagte sich Nicholas. »Das ist seit Montag schon die vierte Waschmaschinenladung, die ich wasche.« Er knallte gereizt den Deckel zu. »Außerdem ist das Waschpulver fast alle. Warum hat Iwan kein neues gekauft?«

»Er konnte nicht mehr rechtzeitig einkaufen gehen. Mum kam zu spät nach Hause, und er konnte Granny nicht allein lassen.«

»Dann hätte er doch gestern gehen können.«

»Gestern waren sie auch aus.«

»Dann muß er's eben morgen machen.«

»Morgen gehen sie wieder aus.«

»Warum geht er dann nicht jetzt?«

»Weil sie noch nicht zurück sind.«

»Aber wir sind doch da! Da kann er doch schnell gehen!«

»Nicholas, es ist ja nicht nur das Waschpulver. Wir brauchen tonnenweise Sachen. Die Ovomaltine ist fast alle, der Dosenmilchreis, den sie immer ißt, ist ganz alle, und auf ihre Pfefferminzbonbons wartet sie immer noch. Die Rundfunkzeitung von dieser Woche hat sie auch noch nicht. Wenn er heute abend einkaufen geht, braucht er mindestens eine Stunde, und dann kann einer von uns nicht schwimmen gehen.«

»Ich lass' das Schwimmen nicht ausfallen.«

»Ich war schon letzte Woche nicht dort. Wegen

Iwan, weil er so lang zum Einkaufen gebraucht hat.«

»Vielleicht kommen sie, bevor die Läden schließen, dann kann er gehen.«

»Das kann noch Stunden dauern. Sie sind tanzen.«

»Tanzen!«

»Schon wieder? Das ist seit Samstag schon das dritte Mal!«

»Er arbeitet an seinen Drehungen.«

»Immer noch besser als sein Werkabend«, sagte Tanja. »Holzarbeit kann ich nicht ausstehen! ›Wo ist mein Meißel? Wo habt ihr meine Schraubzwinge hingelegt? Hat jemand meine Laubsäge gesehen? Wer hat meine Holzdübel genommen?‹ Holzarbeit kann ich nicht *ausstehen*, sag' ich euch.«

»Immer noch besser als ihr italienischer Abend. Das nächstemal, wenn sie um zehn Uhr abends hier hereinrauscht und *›Molto bene‹* zu meinem Bügelstapel sagt, erwürg' ich sie mit ihren eigenen Strümpfen.«

»Ich muß noch jede Menge Hausaufgaben machen.«

»Ich gehe jetzt hinauf und mache meine. Wenn die Maschine beim Spülen wieder abschaltet, muß Iwan in der Nähe bleiben und sie wieder anschalten.«

»Dann kann er auch gleich das Geschirr hier einräumen. Wenn wir nicht aufpassen, kommen wir alle zu spät zum Schwimmen.«

»Kommt Iwan mit?«

»Wenn sie rechtzeitig zurück sind, ja.«

»Das werden sie aber nicht. Nicht, wenn sie tanzen sind.«

»Nein. Nein, bestimmt nicht.«

»Armer Iwan«, sagte Sophie. »Wenn er heute wieder nicht zum Schwimmen kommt, dann ist es das dritte Mal hintereinander, und er wird garantiert aus der Mannschaft ausgeschlossen.«

Tanja und Nicholas sahen sich unbehaglich an. Dann sagte Tanja:

»Da können wir nichts machen.«

Nicholas sagte nichts.

»Wir könnten ihm mehr helfen«, schlug Sophie vor. »Meistens sind es doch nur Kleinigkeiten, die zu tun sind: bei Granny sitzen und ihr das Essen bringen und so etwas. Die meiste Hausarbeit macht immer noch Mum. Und Dad kauft immer noch die meisten Lebensmittel ein. Es sind wirklich nur Kleinigkeiten . . .«

»Aber diese Kleinigkeiten nehmen einfach kein Ende«, sagte Tanja. »Letzte Woche ging ich zu ihr hinein, um ihr das Salz für ihr Frühstücksei zu bringen, und bis ich mit all den ›Kleinigkeiten‹, die sie von mir wollte, fertig war – Vorhänge aufziehen, den Heizofen einschalten, ihre Lesebrille suchen, ihr sagen, welcher Tag es ist –, bis ich damit fertig war und gehen konnte, hatte ich nicht einmal mehr Zeit, mir mein Schulbrot zu machen. Für Nicholas ist es noch schlimmer. Er traut sich nicht, einfach hinauszugehen, während sie mit ihm spricht, so wie ich.« Sie wandte sich nach ihrem Bruder um und sagte böse: »Erzähl Sophie, was gestern passiert ist, los, sag's ihr!«

Nicholas sah zu Boden und schwieg.

»Dann sag' ich es ihr«, rief Tanja. »Seine Freunde sind ohne ihn weggegangen, und er hat geweint.« Nicholas schüttelte den Kopf, aber Tanja beharrte: »Ich hab's doch selbst gesehen. Du hast geweint.«

»Was war denn los?« wollte Sophie von Nicholas wissen.

Bevor er antworten konnte, sagte Tanja höhnisch:

»Ach, auch nur so eine ›Kleinigkeit‹. Iwan hatte Nicholas gebeten, Granny den Tee zu bringen. Nicholas' Freunde warteten draußen auf ihn; Iwan hatte ihnen gesagt, es würde nur einen Augenblick dauern. Und dann saß Nicholas fast eine halbe Stunde bei ihr fest. So lang hat es gedauert, bis er sich loseisen konnte. Seine Freunde waren inzwischen natürlich längst über alle Berge. Sie hatten genug von der Warterei.«

»O je!« sagte Sophie.

»Siehst du?« schrie Tanja. »Eine Kleinigkeit nach der anderen. Man bringt ihr einen Teller mit Keksen, und schon muß man ihre Kissen aufschütteln und Wasser holen und den Fernseher umschalten und blöde Fragen beantworten, was man heute in der Schule gemacht hat. Wir hassen das. Deshalb gehen wir nur zu ihr rein, wenn Iwan uns schickt.«

»Das wußte ich nicht«, sagte Sophie.

»Natürlich nicht. Du bist ja auch nie da. Du machst ganz schnell, was Iwan für dich auf den Plan geschrieben hat, und dann rennst du in dein Zimmer und verschanzt dich hinter deinen Schulbüchern, bis die Luft rein ist und du wieder runterkommen kannst.«

»Ich komme runter, sobald ich fertig bin!«

»Da bin ich mir nicht so sicher«, gab Tanja scharf zurück. »Irgendwie kommst du immer genau dann herunter, wenn Iwan Granny gerade ins Bett gebracht hat!«

Wut und Schuldbewußtsein, von Tanjas Unverblümtheit angestachelt, ließen Sophies Gesicht rot anlaufen. Sie schlug zurück:

»Ihr beide helft doch genauso wenig, das hast du selbst gesagt.«

»Stimmt, wir helfen auch nicht. Und eigentlich ist es uns auch egal, ob du hilfst oder nicht. Es ist Iwans Problem, er ist schuld. Das Ganze ist Iwans Schuld. Er hat sich die Suppe eingebrockt, und jetzt soll er sie auch auslöffeln. Wenn er genug hat, braucht er ihnen nur zu sagen, daß es ihm nichts mehr ausmacht, wenn –«

Sophie stürzte sich auf sie.

»Das darfst du nicht sagen, Tanja«, schrie sie. »Das darfst du nicht sagen!«

Noch ein Oma-Projekt

Sophie kam so schnell in Iwans Zimmer, daß er keine Zeit mehr hatte, das hellrote Heft zu verstekken, in dem er gerade schrieb. Als Sophie sah, daß ihr Bruder versuchte, ein unbeteiligtes Gesicht zu machen, stürzte sie sich auf ihn und riß ihm das Heft aus den Händen.

»Was ist das?«

Sie drehte es um. Auf dem Einband stand *Das Oma-Projekt von Iwan Harris. Für Sozialkunde, VB.*

»Oh Gott, nicht schon wieder! Bist du verrückt?«

»Wieso? Irgendein Projekt muß ich doch machen. Sie sitzt in ihrem Zimmer, und ich setz' mich zu ihr. Auge um Auge, Zahn um Zahn. Ich koche ihr Eier, und sie macht meine Hausaufgaben. Manches davon ist sehr interessant.«

Sophie ließ die Seiten durch die Finger gleiten, bis eine Textstelle ihr Auge fesselte. Rasch klemmte sie die Seite mit dem Finger fest.

»Iiii!«, sagte sie, »Igittigittigitt!«

»Bist du da, wo sie die Maus essen?«

»O Gott, nein, viel schlimmer. Da, wo du schreibst, daß sie sich durch die Finger schneuzen.«

»Aber das hast du doch im Schwimmbad schon gesehen.«

Sie starrte ihn an. In ihren Augen stand das blanke Entsetzen.

»Nein! Iwan! Das ist nicht wahr! Nicht im Bonnington-Bad!«

»Das mußt du doch schon mal gesehen haben. Es passiert dauernd.«

»Ohne meine Kontaktlinsen seh' ich überhaupt nichts. Ich kann kaum sehen, wo das Wasser anfängt. Sag, daß es nicht wahr ist, Iwan!«

»Es ist nicht wahr.«

»Also stimmt es.«

»Es passiert dauernd.«

»Iiiii! Das ist ja *ekelhaft*! Ich gehe nie mehr schwimmen.« Sie meinte es ernst.

»Kannst du dann am Freitag Granny übernehmen? Dann kann ich gehen, ich war seit Wochen nicht mehr schwimmen.«

»Genau darüber wollte ich mit dir reden. Ich habe einen Plan – einen Plan zu deiner Rettung.«

Er wandte sich ab, ohne zu merken, daß sie ihn im Spiegel genauso gut sah wie zuvor.

»Ich glaube, ich will gar nicht gerettet werden«, sagte er. »Jedenfalls jetzt noch nicht. Auf keinen Fall, bevor das Projekt unter Dach und Fach ist.«

»Und danach?«

»Ich weiß nicht. Wahrscheinlich. Ja. Ich bin mir nicht sicher.«

Sie beobachtete ihn neugierig. Als er wieder aufblickte, sah er ihre Augen im Spiegel auf sich gerichtet. Er errötete.

»Ich gebe dir Bescheid«, sagte er.

»Du gibst das Kommando«, sagte sie, »sobald du fertig bist. Der Plan ist hier drin« – sie klopfte gegen ihren Kopf – »in Reserve, jederzeit abrufbar.«

»Das ist wirklich nett von dir.«

»Nicht der Rede wert.«

Um seine Verlegenheit zu überspielen, beugte sie sich wieder über das Heft und blätterte weiter.

»Haben sie wirklich sonntags den Hahn von den Hennen getrennt?«

»Das ist ja noch gar nichts.« Er sprang auf und

trat neben sie. »Hier, sieh mal. Hast du das gewußt? Hast du gewußt, daß Granny ohne Essen ins Bett geschickt wurde, weil sie einer Kuh beim Kalben zugeschaut hatte?«

»Das hat sie mir nie erzählt. Wo steht das?«

»Ein paar Seiten weiter, im nächsten Abschnitt, unter *Religion und Sonntag*, nach *Krankheit und Gesundheit*.«

»Gründlich wie immer.« Sie blätterte weiter und brach in Gelächter aus. Von Lachen geschüttelt, ließ sie sich auf das Bett ihres Bruders fallen.

»Was ist? Bei welcher Stelle bist du?«

Sie konnte nicht antworten. Sie bekam nicht genug Luft, um es ihm zu sagen. Er beugte sich über sie, um zu sehen, was sie so sehr erheiterte, aber sie bog sich vor Lachen und preßte dabei das Heft an sich. Er knuffte und puffte sie, doch sie konnte nicht sprechen, so heftig lachte sie. Schließlich entwand er ihr das Heft und hielt ihr die Seite, bei der sie stehengeblieben war, unter die Nase. Sie bezähmte sich gerade so weit, daß sie auf einen Abschnitt deuten konnte.

»Ach, das meinst du! *Handtasche*! Ist das alles?«

Handtasche

»Handtasche?«

»Ja, Handtasche.«

»So nannten sie das?«

»Ja. Sophie hat es mir gesagt. Sie hat es in Iwans neuem Granny-Projekt gelesen.«

»*Handtasche*! Das glaub' ich nicht.«

Tanja sagte:

»Ich finde es süß, und es paßt auch.«

»Es paßt?« Nicholas war verblüfft.

»Ja. Auf irgendeine Art sieht es so aus.«

»Auf eine reichlich komische Art, wenn du mich fragst.«

»Na ja. Aber trotzdem, man kann verstehen, warum sie es so nannten.«

»Ich nicht. Ich versteh' das überhaupt nicht.«

»Überhaupt nicht?«

»Nein.«

»Versuch mal, es zu malen, und dann schau, wie es aussieht.«

»Das ist doch albern.«

Tanja ging hinaus, um Moos für ihr japanisches Gartenprojekt zu holen. In der Zwischenzeit nahm Nicholas Block und Bleistift und zeichnete einen Bullen auf das erste saubere Blatt. Als er damit fertig war, hatte seine Zeichnung so wenig Ähnlichkeit mit einem Bullen, daß er das Blatt abriß, es zusammenknüllte und in den Papierkorb neben seinem Schreibtisch warf. Er versuchte es noch einmal. Der zweite Bulle wurde besser. Da zeichnete Nicholas langsam und mit unendlicher Sorgfalt Hoden und einen Penis zwischen seine Hinterbeine. Er betrachtete sie eine ganze Weile und radierte sie dann wieder aus.

Als Tanja zurückkam, sagte er:

»Sie sehen überhaupt nicht aus wie eine Handtasche.«

Gebackene Federn

Natascha öffnete die Herdklappe, und eine Federwolke stob ihr ins Gesicht.

»Verdammt!«

Sie schlug die Tür wieder zu, was alles nur noch schlimmer machte. Die Federn wirbelten zu Hunderten um sie herum wie träge Heuschrecken, schwarz und weiß und grau und braun, und sogar grünschillernd, blau und türkis. Sie schwebten ihr den Hals herab, verfingen sich in ihren Haaren und ließen sich auf ihren schmalen Schultern nieder.

»Verdammt nochmal!«

»Was ist?« fragte Henry, als er die Küche betrat.

»Was ist denn hier los? Natascha, was machst du denn mit all den Federn?«

»Ich?« Natascha knirschte mit den Zähnen. »Ich? *Ich* habe das Backrohr nicht mit dreckigen, stinkenden Federn vollgestopft!«

Nicholas hüpfte mit dem Plastiksieb in der Hand hierhin und dorthin und versuchte, möglichst viele Federn einzufangen, bevor sie mit dem Küchenboden in Berührung kamen, mit dem Ergebnis, daß er nicht eine einzige erwischte.

»Sie sind nicht dreckig und stinkig«, sagte er. »Sie sind schön sauber. Sauberer als alles andere hier. Und wenn du nicht die Tür aufgemacht hättest, wären sie in zwanzig Minuten sterilisiert gewesen.«

Natascha beugte sich über den Küchentisch, packte ihn am Hemdkragen und zischte:

»Was hast du vor, Bürschchen?«

»Laß ihn. Du weißt doch gar nicht, ob er es war.«

»В тихом омуте черти водятся.«

Nicholas riß sich voll Schrecken los und flüchtete sich hinter seinen Vater. Henry sagte:

»Sie hat doch nicht gedroht, dich umzubringen. Sie hat nur gesagt, daß Teufel in stillen Teichen wohnen.«

»Ich *bin* kein stiller Teich!«

»Psssst! Federnbäcker!«

Henry sagte:

»Sei doch ein bißchen systematisch, Natascha. Fang mit dem Anfang an. Frag ihn, wessen Federn er da gebacken hat.«

»Wessen Federn sind das, du kleiner Federnbäkker? Ich will wissen, wessen Federn du gebacken hast.«

»Sie gehören niemandem speziell.«

Sie stürzte sich auf ihn. Schnell sagte er:

»Ein paar sind aus meiner Sammlung, eine ganze Menge von Grannys Hut, Sophie hatte auch eine oder zwei, und Iwan hat welche gefunden. Tanja hatte eine tote Amsel gesehen –«

»Federn von einer toten Amsel? *Aas*? In *meinem* Herd?«

»Eigentlich ist es ja nicht nur *dein* Herd. Du benützt ihn doch kaum noch. Du ißt zur Zeit ja nur noch Käsesandwiches. *Wenn* es der Herd von jemandem ist, dann der von Iwan.«

»Er stiehlt mir also meinen Herd!«

»Er *benützt* ihn.«

»Zum Federnbacken!«

»Nicht nur Federn. Er macht alles mögliche. Eier, Käsetoast, gebackene Bohnen, Würstchen. Gestern abend hat er Curryfleisch gemacht.«

»Versuch nicht, von den Federn abzulenken!«

»Okay«, gab Nicholas sich bereitwillig geschlagen. »Die Federn also.«

Henry sagte:

»Nicholas, würdest du bitte Natascha einfach erklären, was es mit den Federn auf sich hat.«

»Schüttel ihn durch, dann antwortet er schneller!«

»Natascha!«

»Psssst!«

»Wir machen ein neues Kissen für Granny.«

Nataschas Lippen kräuselten sich zu einem dünnen Knoten.

»Für ihren Kopf oder zum Essen?«

Nicholas erwiderte mit Würde:

»Zum Ausruhen.«

»Hat eure Großmutter sich ein Kissen von euch gewünscht?«

»Nein, es war Tanjas Idee. Sie dachte, Granny hätte vielleicht gern ein besonderes Kissen zum Geburtstag. Und etwas Besonderes ist es, weil wir es auf die altmodische Art machen.«

Natascha zeigte auf die Federn, die zwischen den Blättern der Zimmerpflanzen hingen, auf der Butter klebten und in einer zentimeterdicken Schicht in der Milchschüssel der Katze schwammen.

»Ist *das* die altmodische Art?«

»Das ist die Art, von der sie Iwan erzählt hat, für sein Projekt.«

»Schon wieder ein Projekt!« schrie Natascha

und hämmerte mit den Fäusten gegen die Tür des Küchenschranks. »Ich jag' die Schule in die Luft, vom Keller bis zur Wetterfahne! Jetzt, wo es keine Seuchen mehr gibt, werden wir von Projekten heimgesucht!«

»Und auf die altmodische Art muß man die Federn, bevor man sie ins Kissen füllt, im Ofen backen, um die Insekten abzutöten.«

»Insekten gibt es in diesem Haus so viele, daß sie gar nicht alle in das kleine Backrohr passen!«

»Du brauchst nicht gleich grob zu werden. Ich möchte wissen, ob ihr beide überhaupt daran gedacht habt, für Granny ein Geschenk zu kaufen.«

Natascha machte ein böses Gesicht.

»Hättet ihr ihren Lieblingshut gelassen, wie er war, dann wäre das ein besseres Geschenk gewesen.«

Nicholas sagte:

»Sie wollte ihn aber nicht mehr haben, das hat sie selbst gesagt. Sie hat gesagt, sie könnte sich die blauen Federn so schön nachts unter ihrem Kopf vorstellen. Sie hat gesagt, es sei zwecklos, den Hut noch länger als Hut zu behalten. Sie hat gesagt, sie glaubt eigentlich nicht, daß sie noch viel ausgehen wird.«

Er rannte türenknallend aus der Küche, und Henry und Natascha standen da und sahen einander durch die große Federwolke, die sein überstürzter Abgang wieder hochgewirbelt hatte, schuldbewußt an.

Eine Erkältung

Die Worte verschwammen Iwan immer wieder vor den Augen, als er sie in das hellrote Heft schrieb. Nur mit Mühe konnte er den Kugelschreiber halten, bis ihm klar wurde, daß seine Hände zitterten. Die Tatsache, daß er nun wußte, wo das Problem lag, schien ein wenig zu helfen. Zweimal mußte er Mrs. Harris bitten, ihre Worte zu wiederholen, bis er sie endlich zu Papier brachte:

Vier Samenkörner mußt du säen,
Eins für die Raben, eins für die Krähen,
Eines wird sterben, und eins wird bestehen.

Er schneuzte sich erneut die gerötete Nase. Das Geräusch und die Erschütterung brachten in seinem schmerzenden Schädel ein Feuerwerk zur Explosion.

»Du bist erkältet, junger Mann«, schalt Mrs. Harris. »Du gehörst ins Bett, so angeschlagen, wie du aussiehst.«

»Das wird schon wieder. Also, wie war das mit den Ährenlesern? Ich bin ganz durcheinander. Warum hat der Bauer die Leute, denen er nicht traute, durchgeschüttelt?«

»Damit die Körner herausfielen, die sie in ihren Kleidern versteckt hatten. Aus dem gleichen Grund mußten die Drescher manchmal ihre Stiefel ausziehen, wenn sie von der Tenne kamen. Jedes Korn war Eigentum des Bauern, solange der Polizist dastand.«

»Was?« Iwan putzte sich erneut die Nase. »Der Polizist? Du hast mir doch erzählt, daß es meilenweit nur *einen* Polizisten gab. Der konnte doch nicht jedes Feld bewachen.«

»Kein richtiger Polizist. Ein Garbenpolizist!«

Garbenpolizist

Iwan schrieb, während sich ihm vom Schneuzen alles drehte. Dann warf er noch einmal einen Blick auf das Geschriebene und sagte:

»Ein Garbenpolizist? Was ist denn das nun wieder?« Erneut putzte er sich die Nase. »Heute versteh' ich einfach nicht, was du sagst.«

»Du gehörst auch ins Bett, ganz entschieden.«

»Ich bleibe hier, bis jemand von den anderen nach Hause kommt.«

»Ein schöner heißer Grog würde dir guttun. Du gehörst warm eingepackt und gepflegt.«

»Das wird schon wieder.« Er hatte vergessen, wo sie stehengeblieben waren, und sah auf den letzten verschwommenen Fleck auf der Seite. Mit einiger Anstrengung entzifferte er für einen Augenblick das Wort:

Garbenpolizist

Es sagte ihm nichts. Und als er sich wieder kräftig schneuzen wollte, fingen seine Augen an zu tränen. Er putzte sich deshalb sehr vorsichtig die Nase und sagte dann:

»Fang noch mal von vorn an. Ganz von vorn.«

»Nach der Ernte kamen die Ährenleser, hat mein Vater mir erzählt, und was sie auflasen, war Eigentum des Bauern. Auf jedem Feld ließ er eine Garbe stehen – den Garbenpolizisten –, um klarzumachen, daß alles, was noch dalag, ihm gehörte. Es war ein Wachtposten, verstehst du? Und jeder wußte, was er zu bedeuten hatte und daß jeder es wußte. Wenn der Bauer also den Verdacht hatte, daß einer sich etwas nahm, was ihm noch nicht gehörte, dann schüttelte er ihn kräftig durch, um zu sehen, was aus seinen Kleidern fiel. Und genauso mußten auch die Leute auf der Tenne ihre Stiefel ausziehen, für den Fall, da sie sie mit Körnern vollgestopft hatten, um ihre eigenen Hühner damit zu füttern. Später wurde der Garbenpolizist dann weggenommen, und es hieß wieder: Wer's findet, dem gehört's.«

»Gab es denn da noch viel zu finden?«

»Ich weiß nicht. Ich war ja nicht dabei. So alt bin ich nun auch wieder nicht. Ich erzähl' dir nur Geschichten. Sachen, die ich selber nur gehört habe. Mit dabei war ich nicht.«

»Wann war denn das alles?«

Sie antwortete nicht, und Iwan sagte: »Na ja, schon gut. Ich werde es ausrechnen.«

Er schüttelte den Kopf, um die Nebelschleier daraus zu vertreiben, und es schmerzte fürchterlich. Als der Aufruhr sich gelegt hatte, versuchte er es nochmals. »Du bist jetzt siebenundachtzig, oder?«

»Wenn du es sagst...«

»Geboren bist du dann also –« Er versuchte es auszurechnen. Er versuchte, die Zahl in seinen Kopf zu bekommen, eine ganz einfache Zahl, das wußte er, doch sie entglitt ihm, alles entglitt ihm, der Rechenvorgang, die Stellen, an denen die Ziffern stehen mußten, welche neben welcher und was man damit machen mußte, addieren oder subtrahieren oder...

Sie sah, daß er aschfahl wurde. In plötzlicher Besorgnis streckte sie die Hand aus und strich ihm die dunklen Fransen aus den fiebrigen, verquollenen Augen.

»Wenn du meiner wärst, ich würde dich ins Bett verfrachten.«

»Ich bin deiner«, sagte Iwan, und während er es aussprach, glitt er bewußtlos von dem kleinen Hocker auf den Fußboden, zu ihren Füßen.

Iwan lebt gefährlich

Natascha, die von Iwans Zusammenbruch gehört hatte, kam nach Hause, ließ ihren Mantel in der Diele fallen und packte ihre Tochter an den Armen.

»Was hat der Doktor gesagt? Schnell, sag's mir!«

Sophie antwortete grinsend:

»Er hat gesagt, daß die auskultatorische Initialuntersuchung –«

»Übersetzt, Sophie, sofort!«

Sophies Kinn fiel herab. Sie sagte mit düsterer, monotoner Stimme: »Er hat gesagt, Iwan hat eine ganz üble Erkältung und muß ein paar Tage im Bett bleiben, damit es nicht noch schlimmer wird.«

»Gott sei Dank!«

Natascha sank erleichtert auf die unterste Treppenstufe. Sophie rieb sich die Arme, bis das Blut in die Druckstellen zurückkehrte, und fragte ein wenig bissig:

»Was hast *du* denn gedacht?«

»Ach, was weiß ich. Kinder leben gefährlich, vom ersten Tage an.«

»Iwan ist doch kein Kind mehr. Er ist –«

»Was verstehst *du* schon davon! Ist er vielleicht *dein* Kind? Wo ist er denn?«

»Er schläft tief und fest.«

»Gut. Sehr gut. Ich gehe zu ihm.«

»Aber Daddy sitzt schon bei ihm. Und er schläft auch.«

»Das will ich selber sehen.«

Sie eilte die Treppe hinauf und entschwand Sophies Blicken. Sophie hob ihren Mantel vom Boden auf, klopfte den Staub ab, hängte den Mantel über einen Kleiderbügel und verstaute ihn im Schrank. Nachdenklich schlenderte sie in die Küche, wo Nicholas und Tanja nebeneinander über den Tisch gebeugt saßen und eine Miniaturpagode für Tanjas Japangarten-Projekt bauten.

»Sie hat fast einen Anfall bekommen, als ich es ihr gesagt habe«, berichtete Sophie. »Es war komisch. Sie wurde weiß wie die Wand.«

Tanja sagte:

»Iwan ist ja auch ihr Liebling. Schon immer. Irgendwie hab' ich immer gewußt, daß er ihr Liebling ist, aber bei solchen Gelegenheiten kommt es dann raus. Dabei ist er nur in Ohnmacht gefallen, mehr nicht.«

»Eltern haben keine Lieblingskinder«, beruhigte Nicholas sie.

»Ach, Nicholas!« sagte Tanja spöttisch.

Sophie setzte sich und reichte ihnen die zurechtgeschnittenen Streichhölzer, eines nach dem anderen, und sie klebten sie, jeder auf seiner Seite, an dem winzigen, spitz zulaufenden, geschwungenen Dach fest.

»Iwan hat mir neulich gesagt, wir sollten nichts zu seiner Rettung unternehmen«, erzählte Sophie ihnen, noch immer nachdenklich. »Aber jetzt, wo er krank im Bett liegt, ändert das natürlich alles. Wenn wir jetzt nichts tun, um uns zu schützen, dann haben wir am Ende außer unseren eigenen Pflichten auch noch seine auf dem Hals und müssen alle beide versorgen.«

»Also, laß dir was einfallen. Schnell.«

»Ja, ja. Ich hab's gleich.«

Sophie beugte sich über den Streichholzhaufen und reichte ihnen, in Gedanken versunken, ein Streichholz nach dem anderen. Nicholas und Tanja versagten sich jeden Streit und sogar jede Bemerkung über das handwerkliche Ungeschick des anderen, so sehr waren sie darauf bedacht, Sophies

Gedankenfluß nicht zu unterbrechen. Nach einer Weile hob Sophie den Kopf und lächelte sie an.

»Ich hab's«, sagte sie.

»Super!«

»Klasse! Was hast du dir ausgedacht? Wie wollen wir's machen?«

»Ich kann es euch nicht erklären, dazu ist jetzt keine Zeit. Wenn es klappen soll, dann müssen wir's sofort tun, gleich heute abend, solange sie so schwach und schuldbewußt und dankbar und erleichtert sind, weil Iwan nicht schwer krank ist. Also paßt auf: Ihr räumt jetzt sofort den ganzen Pagodenkram hier weg und fangt an, das Abendessen zu kochen. Schaut überall nach, was zu essen da ist. Durchsucht die ganze Küche. Nehmt, was noch im Kühlschrank ist und was in Dosen da ist und fangt an zu kochen. Macht etwas so Gutes, Ausgefallenes, wie ihr nur könnt, und deckt den Tisch besonders schön. Es muß nach einer Menge Arbeit aussehen. Fegt den Boden sauber. Nehmt eine frische Tischdecke. Putzt diese Salz- und Pfefferdinger blank und so weiter. Tut so, als kämen Gäste. Tischt das beste Festessen auf, das ihr auf die Beine stellen könnt, und zwar so schnell wie möglich.«

»Und du?«

»Ich kann euch nicht helfen, ich muß hinauf und

etwas nachlesen, und das muß ich rechtzeitig schaffen, wenn die Sache klappen soll.«

»Und die beiden?«

»Laßt sie nicht rein. Sie müssen draußen bleiben, solange ihr alles vorbereitet, aber sorgt dafür, daß alle beide zum Abendessen da sind. Nach all der Aufregung werden sie heute abend sowieso nicht ausgehen wollen, aber ihr müßt ganz sicher sein.«

Tanjas Blick glitt über die düstere, unaufgeräumte Küche und verweilte auf dem seit Tagen nicht mehr abgeräumten Tisch, den auch noch die letzten Federn zierten.

»Wehe, es klappt nicht«, warnte sie ihre Schwester.

»Es klappt, das versprech' ich euch. Also, ihr ruft mich, kurz bevor das Essen fertig ist, und dann, wenn sie kommen, gebt ihr mir in allem recht, was ich sage, auch wenn's der größte Blödsinn ist. Alles klar?«

»Alles klar!«

»Alles klar!«

»Gute alte Sophie!«

»Sophie Superfrau, mal wieder!«

Ein Opferlamm

Sophie zog den Kopf von der Tür zurück.

»Schnell«, sagte sie, »sie kommen.«

Nicholas nahm die glänzende, dampfende Suppenterrine und trug sie zum Tisch hinüber. Tanja und Sophie standen Gewehr bei Fuß hinter ihren Stuhllehnen. Die Tür flog auf, und Henry und Natascha traten ein, lachend, Arm in Arm.

»Du meine Güte«, sagte Henry, durch das plötzliche Dämmerlicht erschreckt. »Sind wir hier in der falschen Küche?«

Natascha sagte nichts. Auf der frischen, weiten Fläche des blütenweißen Leinentischtuchs sah sie das Silber schimmern. Ihr Blick umfaßte den niedrigen Stapel feiner Porzellanteller neben der glänzenden Suppenterrine, die kunstvoll gefalteten Servietten an jedem Platz, die Essig- und Ölfläschchen aus funkelndem geschliffenem Glas, die sie mindestens seit der vorletzten Dinnerparty vermißt hatte, die Blumenschale und insbesondere die ruhigen, ausdruckslosen Gesichter ihres Sohnes und ihrer beiden Töchter.

»Pssst!« zischte sie leise. »Hier ist doch was im Busch.«

»Unsinn«, sagte Henry, der sich für seine Kinder gekränkt fühlte. »Sei nicht so mißtrauisch, Natascha. Ich finde es sehr nett von ihnen, daß sie das alles für uns getan haben, nach der Angst, die wir ausgestanden haben.«

»Was alles getan?« fragte Sophie.

»Das hier.« Sein Arm beschrieb einen Kreis. »Das Herrichten und Aufräumen und Tischdecken und Kochen. Ich finde das großartig von euch.«

»Aber so essen wir immer, wenn ihr beide nicht da seid«, sagte Sophie.

Er lachte, und als sie ihn mit hochgezogenen Augenbrauen ansah, woraufhin Tanja und Nicholas ebenfalls die Augenbrauen hochzogen und einander achselzuckend anblickten, sagte er unsicher:

»Das ist doch Unsinn.«

»Was?«

»Daß ihr immer so eßt, wenn Natascha und ich abends ausgehen.«

»Doch, doch, das tun wir.« Sie wandte sich erst Nicholas und dann Tanja zu. »Stimmt's?«

»Ja.«

»Natürlich.«

Henry faßte Natascha am Ellbogen und führte sie zu dem Platz vor der Terrine. Als er den Stuhl für sie zurückzog, bemerkte Sophie:

»Eigentlich sitzt Nicholas hier.«

»Seit wann?«

Henrys Stimme nahm einen scharfen Unterton

an. Natascha ihrerseits sagte noch immer nichts. Sie beobachtete die anderen mit ruhiger, katzenhafter Aufmerksamkeit.

»Schon seit Ewigkeiten.« Wieder suchte Sophie Nicholas' Unterstützung. »Stimmt's?«

»Ja, allerdings.«

»Aha.«

Henry rückte einen anderen Stuhl für Natascha zurecht.

»Ist der richtig?«

»Ja, der geht.« Sophie setzte sich und zerriß damit das Netz der Spannung, in dem sie sich nach und nach verfangen hatten. »Jetzt wollen wir aber essen. Ich sterbe vor Hunger. Teil die Suppe aus, Nicholas.«

Die kleine rosa Zunge fest zwischen die Zähne geklemmt – Suppe auszuteilen war ohnehin schon schwierig, und um so schwieriger, wenn man so tun mußte, als teile man sie schon seit Ewigkeiten regelmäßig aus –, reichte Nicholas seiner Mutter den ersten vollen Teller über den Tisch. Henry nahm ihm den Teller ab und sagte, als er ihn vor Natascha hinstellte:

»Das riecht ja köstlich. So eine Suppe habe ich noch nie gegessen.«

»Wir essen sie oft«, sagte Sophie.

»Die ganze Zeit«, fiel Tanja ein.

»Mir hängt sie schon langsam zum Hals heraus«, sagte Nicholas.

»Aber für euch beide ist sie wahrscheinlich neu«, sagte Sophie.

»Wer hat sie denn gekocht?«

Da Tanja und Nicholas nicht sicher waren, welche Rolle die Antwort in Sophies geheimnisvollem Plan spielte, machten sie unbeteiligte Gesichter.

»Heute haben Tanja und Nicholas sie gekocht«, klärte Sophie ihre Eltern mit fester Stimme auf. »Aber sonst macht Iwan sie. Normalerweise serviert er sie mit Weißbrotstückchen oder Knoblauchbrot; aber heute mußten wir uns irgendwie behelfen, weil er ja nicht da ist und sich um alles kümmert, so wie sonst.«

Verwundert rührte Henry in seiner Suppe. Er registrierte mit Erstaunen die ungewöhnliche Konsistenz der Suppe, die Nicholas dadurch erreicht hatte, daß er ganz zum Schluß noch schnell zwei große Löffel saure Sahne direkt aus einem im Kühlschrank vorgefundenen Becher hineingerührt hatte. Henry war beeindruckt von dem schwachen Estragongeschmack, den Tanja, was er nicht wußte, flink und geschickt herbeigezaubert hatte, indem sie einen Löffel getrockneter Kräuter in einer Tasse aufgebrüht und in die

Suppe geschüttet hatte. So wie die Suppe aussah, sich anfühlte und schmeckte, wäre er nie darauf gekommen, daß im Mülleimer, sorgsam in Zeitungspapier eingewickelt, vier leere Dosen Heinz-Tomatencremesuppe lagen.

»Kocht Iwan oft so?«

»O nein! Normalerweise macht er sich viel mehr Mühe. Nur manchmal, wenn er von der Schule und vom Saubermachen und Einkaufen und Granny-Versorgen ganz kaputt ist, läßt er die Kocherei ein bißchen schleifen. Aber das macht uns nichts aus, oder?«

»Nein, überhaupt nicht.«

»Nicht im geringsten.«

»Wir sagen ihm immer wieder, er soll ein bißchen kürzertreten. Dieser Schwächeanfall, den er hatte, den haben wir seit Wochen kommen sehen, stimmt's?«

»Wir haben ihm gesagt, er soll aufpassen, daß er sich nicht übernimmt.«

»Er gönnt sich keine Pause. Armer Iwan.«

Henry setzte zu einer Frage an, aber Sophie unterbrach ihn schnell:

»Dabei *sagen* wir ihm ja, er soll sich keine Sorgen machen. Wir sagen ihm, daß es uns lieber wäre, er würde nach oben gehen und sich ausruhen oder seine Hausaufgaben machen. Wir sagen ihm, daß wir genauso gern Pommes frites essen würden. Aber er besteht darauf.«

»Er besteht darauf? Er *besteht* darauf zu kochen, wenn Natascha und ich ausgehen? Iwan?«

»Er läßt uns auch nicht helfen. Wir bieten es ihm immer wieder an, aber er sagt, unsere Hausaufgaben und das Schwimmen und die Musik seien viel zu wichtig, als daß wir sie versäumen dürften. Er läßt uns fast nichts machen, stimmt's?«

»Ja.«

»Fast nichts.«

»Er sagt, es sei ihm wichtig.«

»Ja, das sagt er.«

»Das sagt Iwan die ganze Zeit.«

»Daß es das mindeste ist, was er für uns tun kann, wo doch . . .«

»Wo doch *was*?«

Sophie antwortete nicht. Sie brach die Unterhaltung ab, indem sie Tanja unvermittelt bat, ihr die leeren Suppenteller zuzureichen. In der Betriebsamkeit des Tischabdeckens warf Henry Natascha mehrmals einen kurzen Blick zu, doch sie beobachtete ihre Kinder, wie sie die Teller in der Spüle stapelten, Topflappen ergriffen und einander höflich auswichen. Reglos saß sie da, wie ein mißtrauisches Tier, dem nichts entging.

Tanja brachte eine tiefe Schüssel voll goldglänzender, noch köstlich brutzelnder Blätterteigpasteten und stellte sie vor Nicholas hin.

»Phantastisch!« sagte Henry.

»Sie sind nicht ganz so geworden, wie sie sein sollen«, meinte Sophie, »aber das macht nichts.«

»So gut wie Iwans sind sie nicht«, sagte Tanja.

»Iwans Pasteten sind einfach umwerfend«, sagte Nicholas.

»Natürlich hat er viel mehr Übung im Pastetenbacken als wir.«

»Er hat den Bogen raus, wie man den Teig richtig ausrollt.«

»Er macht es mit ganz ruhigen, routinierten Bewegungen.«

Henry sah sie der Reihe nach an, und alle erwiderten seinen Blick mit größter Gelassenheit.

»Und wer hat die Pasteten diesmal gemacht?«

Wieder ergriff Sophie das Wort, bevor die beiden anderen sie hilfesuchend ansehen konnten.

»Wir alle drei«, sagte sie. »Ich hab' die Spinatfüllung gemacht, Nicholas den Teig und Tanja den Rest.«

»Ich bin nur nicht so geschickt wie Iwan«, murrte Tanja und stocherte bedrückt in ihren perfekten, maschinell hergestellten, narrensicheren Blätterteigpasteten-Dreiecken herum, die Nicholas in einer Packung ganz am Grund der Tiefkühltruhe gefunden hatte. Er fragte sich in diesem Augenblick, ob er daran gedacht hatte, die Packung zusammen mit den Suppendosen in den Mülleimer zu werfen.

»Auf solche Sachen«, tröstete Sophie sie, »verwendet Iwan ja auch viel mehr Zeit als du. Du mußt schließlich jeden Tag noch deine Hausaufgaben machen.«

Nataschas Augen wurden schmal, und auch Henry tappte geradewegs in die Falle.

»Iwan hat doch sicher auch Hausaufgaben zu machen!«

Sophie schwenkte eine Gabel mit heißem Spinat durch die Luft. »Iwan? Iwan macht schon lange keine Hausaufgaben mehr. Er ist hoffnungslos im Rückstand – schon seit Wochen. Er sagt, er hat schon gar nicht mehr den Mut, es überhaupt noch zu versuchen. Er hat immer so viel gearbeitet und war so gut in der Schule, aber jetzt ist er einfach zu müde und überanstrengt und kaputt, um sich noch auf irgend etwas konzentrieren zu können. Er war so gut. Die ganzen Jahre ein Sehr gut nach dem anderen, und jetzt plötzlich die ersten Ungenügend –«

»Ungenügend? Iwan? *Iwan*?«

Sie hoffte, er werde nicht nach Einzelheiten fragen. Schließlich hatte Iwan nur einmal ein Ungenügend bekommen, wegen des Oma-Projekts. Doch der Schulmeister in Henry gewann die Oberhand, und das war ihre Rettung. Er geriet in Panik.

»*Ungenügend*? Ich kann es kaum glauben. Iwan und *Ungenügend*? Davon hat mir ja kein Mensch etwas gesagt. Bist du ganz sicher?«

»Ihm macht es nichts aus«, sagte Sophie, »nicht wahr?«

»O nein.«

»Überhaupt nichts.«

»Aber *mir* macht es was aus«, sagte Henry. »Sehr viel sogar.«

»Also, Iwan nicht. Für ihn kommen wir an erster Stelle, verstehst du? Er sagt, später im Leben hat er vielleicht noch einmal die Chance, aus eigener Kraft etwas zu lernen. Aber *wir* haben nur die eine Chance, in der Geborgenheit und Sicherheit einer Familie aufzuwachsen. Und er will nicht, daß wir das entbehren müssen, um nichts in der Welt.« Sie breitete die Arme aus, um ihnen diese wärmende, geregelte Geborgenheit und Sicherheit vor Augen zu führen. »Iwan sagt, eine geordnete, trostspendende häusliche Umgebung mit festen Ritualen und Systemen ist für psychisch Verwaiste doppelt wichtig –«

»Psychisch *Verwaiste*?«

»Ja. Iwan hat viel über diese Dinge nachgedacht,

und wir haben uns in Sozialkunde auch damit beschäftigt. Es gibt eine Menge Literatur über die Auswirkungen familiärer Deprivation und Entbehrung auf heranwachsende Kinder.«

»Familiäre Deprivation und Entbehrung?«

»*Und* Trennung und Verlassenheit.«

»Trennung? Verlassenheit?«

Sophie blickte ihn über den Tisch hinweg kühl an. »Nicht unbedingt *physische* Verlassenheit, verstehst du? Die Wirkung psychischen Elternentzugs kann fast genauso schlimm sein. Hattet ihr beide denn nie Sozialkunde? Es gibt zu dem Thema eine ganze Reihe von Veröffentlichungen von –« Sie hatte die Namen vergessen, die sie in ihrem Zimmer gelesen hatte, und so erfand sie andere – »von Friedman und Winnipool und Chowley und Neave. Ihr beide seid jetzt so oft weg, auch an den Wochenenden. Wir sehen euch viel weniger als früher. Oft eßt ihr nicht einmal mit uns. Deshalb gibt sich Iwan alle Mühe, die beiden Kleinen hier für eure häufige Abwesenheit zu entschädigen.« Sie tat, als mißverstehe sie seinen entsetzten, ungläubigen Gesichtsausdruck und sagte: »Es kommt nicht darauf an, *wer* die Elternrolle übernimmt und welchem Geschlecht er angehört. Das ist von Leuten wir Hurley und MacGrath und Rankin oft genug nachgewiesen worden. Nicht R. P. Rankin – er hat sich als inkompetent erwiesen. Samuel Rankin, der Amerikaner.« Ihre Augen forderten ihn heraus, die Namen anzuzweifeln, die sie sich soeben ausgedacht hatte, um ihn zu verblüffen. »Das ist alles schon seit vielen Jahren bekannt«, sagte sie. »Heute gelten die Ergebnisse dieser frühen Forschungen als Selbstverständlichkeiten. Genauso wie die Sache mit den Familienmythen.«

»Familienmythen?«

»Das ist«, sagte sie, »wenn ein Familienmitglied unbewußt dazu ausersehen wird, eine bestimmte Rolle im Mythos der Familie zu spielen. Das schwarze Schaf oder der Sonnyboy, der ewig Kränkliche oder, wie in Iwans Fall«, – sie sah ihm gerade in die Augen – »das Opferlamm!«

Blankes Entsetzen stand in Henrys Augen. Die Kinder warteten. Natascha brach in Tränen aus.

Sophie hatte ihr Plädoyer beendet.

Unter dem Tisch preßte Tanja heftig Sophies Hand, um sie darüber zu trösten, daß sie all diese Lügen aufgetischt hatte.

Ein paar Tage im Bett

Noch nie in seinem Leben war Iwan so verhätschelt worden. Vier ganze Tage thronte er im Bett, gegen sämtliche Kissen gelehnt, die Natascha hatte finden können, schlürfte Jasmintee und heiße Zitrone, knabberte Schokoladenkekse, die er in Eiscreme tunkte, schwelgte in Kuchen und ließ den lieben Gott einen guten Mann sein.

Die anderen brachten ihm täglich ihre Bulletins.

»Du brauchst das Schwimmen nicht mehr ausfallen zu lassen«, meldete Tanja. »Er gibt Holzarbeit III auf. Er sagt, er hat genug gelernt, um Bücherregale zu bauen, und etwas anderes als Bücherregale brauchen wir nicht.«

»Super«, sagte Iwan. »Mir fällt ein Stein vom Herzen.«

Nicholas sagte:

»Du weißt doch, daß uns dauernd die Ovomaltine und die Pfefferminzbonbons und so weiter ausgegangen sind. Jetzt haben sie vereinbart, daß uns Bonnington-Keen-Kost jeden Dienstag einen Riesenkarton Lebensmittel bringt. In der Küche ist ein kleines grünes Auftragsbuch. Wenn etwas knapp wird, schreibt man es einfach hinein, und schon wird es am Dienstag drauf ins Haus geliefert, das geht wie geschmiert.«

»Herrlich«, sagte Iwan. »Das hätten wir schon vor Jahren machen sollen.«

»Sie haben die antike Frisierkommode verkauft«, berichtete Sophie. »Die von Grannys Urgroßmutter. Von dem Geld kaufen sie eine riesige Tiefkühltruhe, und die füllen sie dann mit den leckersten Fertiggerichten.«

»Sagenhaft!« sagte Iwan.

»Erinnerst du dich, daß er beim Tanzen solche Schwierigkeiten mit seinen Drehungen hatte?« vertraute Nicholas ihm an. »Also, er hat beschlossen, damit Schluß zu machen und sich auf Discotanz zu verlegen, da braucht man keine Drehungen.«

»Wenn man den Dreh raushat.«

»Das heißt, wenn sie demnächst dienstags statt montags in Italienisch II geht, dann ist außer samstags an den meisten Abenden einer von beiden zu Hause.«

»Einmal in der Woche muß schließlich jeder mal schön ausgehen können«, sagte Iwan.

Tanja kam die Treppe heraufgestürmt, zum Bersten voll mit Neuigkeiten.

»Er stellt eine Krankenschwester ein, eine Privatpflegerin, für vier ganze Tage in der Woche! Sie macht es billig, weil sie erst letzte Woche ihr Examen gemacht hat und furchtbar aufgeregt ist. Und wir fahren mit dem Auto für ein Wochenende in den Lake District und übernachten in richtigen Hotels!«

»Phantastisch!«

Sophie zeigte ihm das kleine, sauber aus der Rubrik »Stellenangebote« im Stellenmarkt der Zeitung ausgeschnittene Viereck.

»Hier, siehst du? Das hat sie ausgeschnitten. Es ist eine Stellenanzeige. Es muß eine sein, denn auf der Rückseite ist nur eine Reklame für Thermo-Unterwäsche, und die haben sie beide schon.«

»Und was ist mit Granny?«

Sophies Augen wanderten die Spalten der übrigen Stellenanzeigen auf und nieder. Sie sagte:

»Ist euch klar, daß sie sich bei *der* Bezahlung eine Betreuerin für Granny leisten könnte und dann immer noch so viel übrig hätte, daß sich die Arbeit lohnt?«

»Na, meinen Segen hat sie«, sagte Iwan.

Letzte Ergänzungen

Iwan saß aufrecht im Bett und füllte die allerletzten freien Stellen in seinem hellroten Heft. Ganz am Ende des Kapitels *Haushalt* konnte er in sehr kleiner Schrift noch einen letzten kurzen Absatz anfügen:

Bier wurde manchmal als Möbelpolitur benutzt und mit einer echten Hasenpfote aufgetragen.

Auf der Seite zwischen den Abschnitten *Schule* und *Landarbeit*, die er eigentlich hatte freilassen wollen, schrieb er nun:

Im Winter wurden die Kinder manchmal mit gebackenen Kartoffeln zur Schule geschickt, die ihnen auf dem Schulweg die Hände wärmten und dann aufgegessen wurden.

Und darunter:

Oft ließ man die Kinder nicht zur Schule, damit sie Arbeiten wie Schweinehüten, Vögelverscheuchen, Erbsenpflücken, Kartoffelnsetzen, Obstpflücken oder Steineklauben verrichten konnten. Die Sommerferien waren sehr lang, weil die Kinder für die Feldarbeit gebraucht wurden.

In der Mitte von *Landarbeit* konnte er mit hohen, dünnen Buchstaben noch einfügen:

Die Bauern sagten, man solle vor allem Gerste niemals säen, ehe man einen warmen Hintern bekam, wenn man auf der Erde saß.

Er überlegte, ob er das Wort »Hintern« durch ein anderes ersetzen sollte, ließ es dann aber stehen.

Schließlich hatte sie es selbst gebraucht, als sie ihm davon erzählt hatte.

Im Kapitel *Erinnerungen* ergänzte er:

Die alte Mrs. Harris erinnert sich noch an die Zeit, als auf den Straßen noch keine Markierungen waren. Sie weiß auch noch, wie komisch die frisch aufgemalten Linien aussahen, bis sie sich daran gewöhnte.

Und unter ihrer Beschreibung eines typischen Geburtstages:

Die alte Mrs. Harris sagt, sie kann sich nicht daran erinnern, jemals von ihrem eigenen Vater geküßt oder umarmt worden zu sein.

Er entsann sich, daß sie ihm einmal spät am Abend erzählt hatte, wie sie dachten, in der Gegend um das Nachbardorf treibe sich Jack the Ripper herum. Er blätterte das ganze hellrote Heft durch, um eine Stelle zu finden, die er noch hätte vollschreiben können, aber er fand keine. Das Heft war restlos voll, nirgendwo war mehr ein freies Plätzchen übrig. So mußte er bedauernd auf den Bericht verzichten und legte das Heft nach einem letzten Blick auf all die Arbeit auf die Kommode neben seinem Bett, damit Sophie es am nächsten Morgen mit in die Schule nehmen und Mrs. Ballantyne übergeben konnte.

Ein Rückfall

Als Iwan zum erstenmal wieder die Treppe hinabstieg, hüllte er sich enger in seinen Morgenmantel ein und hielt sich am Geländer fest, weil er sich durch das ungewohnte Zittern seiner Beine und das Schwindelgefühl im Kopf geschwächt fühlte. Er wanderte durch die Diele in die Küche. Der einzige, der da war, war sein Vater. Iwan sah ihn durchs Fenster, wie er unten im Garten die letzte Abfalltüte dieser Woche in die Mülltonne zwängte. Die anderen waren alle weggegangen.

Iwan trottete von neuem durch die Diele und öffnete die Tür zum Zimmer seiner Großmutter. Beim Anblick ihres leeren Stuhles dachte er zuerst, sie sei nicht da. Doch sie lag noch im Bett, auf dem Rücken, verschwindend klein gegen die aufgeblähten Kissenberge, wie ein verschrumpelter, weißhaariger Zwerg. Sie hatte einen Alptraum, dessen war er sich sicher. Ihre Augen waren geschlossen, ihre Lippen ein dunkler Strich, ihr Gesicht war von einer seltsam düsteren Röte überzogen, und sie atmete schnell und nervös. Ihre verkrümmten alten Finger kratzten und zupften an der Decke.

»Hallo«, sagte er. Und als sie nicht erwachte, rief er lauter: »Hallo, Granny, da bin ich wieder, Iwan, von den Toten auferstanden.«

Ihre Augenlider flatterten nach oben und entblößten zwei bläulich-blasse, blinde Scheiben.

»Hör doch, Granny«, sagte Iwan ein wenig beunruhigt. »Wach auf!«

Er legte die Arme um sie und fing an, sie hochzuziehen. Ein Beben durchlief die zerbrechliche Gestalt, einzelne Strähnen ihres Haares glitten unter den kleinen braunen Plastikkämmen hervor, von denen ihr Kopf übersät war, und sie zitterte, als fege plötzlich aus dem Nichts ein Windstoß durchs Zimmer.

»Komm schon, Granny, auf!«

Er zog sie hoch und lehnte sie gegen die Kissen. Obwohl er sich selber ziemlich schwach fühlte, erschien sie ihm in seinen Armen noch viel leichter, als er es in Erinnerung hatte. Sie schien vergessen zu haben, wie man den eigenen Körper fest verankerte. Zweimal glitt sie zurück zwischen die Dekken, und er mußte ihr von neuem aufhelfen.

»Komm, Granny, setz dich auf! Was ist denn los?«

Sie murmelte etwas, das er nicht verstand.

»Granny?«

Während er auf sie niedersah, hatte er plötzlich einen Einfall. So schnell er konnte, zerrte er den Fernsehapparat durchs Zimmer, wobei sich das Kabel um die Füße des Lehnstuhls wickelte, so daß das Gerät um ein Haar von seinem Rollpodest gestürzt wäre.

»Schau, Granny, fast hätten wir *Solomon Street* verpaßt. Du mußt mir genau erzählen, was inzwischen alles passiert ist, ich bin überhaupt nicht mehr auf dem laufenden.«

Beim Einschalten wählte er den falschen Kanal. Noch bevor das Bild erschien, spielte er bereits an der Farbeinstellung herum. Unnötig veränderte er den Kontrast. Als das Bild endlich stimmte, wandte er sich um und wollte sie auffordern, sich mit ihm zusammen die Sendung anzusehen. Zu seiner Bestürzung war sie jedoch erneut zurückgerutscht und lag mit flatternden, geschlossenen Lidern da, halb unter dem Bettzeug begraben, an dem sie wieder zupfte.

»Granny!«

Entschlossen, sie zu wecken, drehte Iwan das Gerät auf volle Lautstärke. »Sieh mal«, übertönte er den Lärm in Panik, »Angela glaubt, sie ist schwanger. Sie ist sich ganz sicher. Sie sieht in ihrem Tagebuch nach. Da schau, sie läuft zu Marcus, um es ihm zu sagen, aber er ist so schlechter Laune wegen irgend etwas, das Daphne gerade zu ihm gesagt hat, daß er Angela abblitzen läßt. Sie fängt an zu weinen und rennt weg. Nicht einmal von dem Baby hat sie ihm erzählen können. Sieh doch, Granny! Tom Handley steckt eine Nachricht für Angela in die Heuraufe. Jetzt bläst der Wind den Zettel fort, über das Feld und auf den Weg. Da findet Daphne ihn. Typisch. Jetzt wird sie noch mehr Ärger machen. Marcus ist noch auf, wegen Angela. Jetzt tut es ihm natürlich leid. Er wollte nicht so gemein sein. O Gott! Er merkt, wie spät es ist. Er schaut auf die Uhr. Schon nach Mitternacht! Er wird wütend. Jetzt tut es ihm kein bißchen mehr leid. Wenn sie zurückkommt, kann sie was erleben. Oh, Granny! *Wach auf!*«

Er redete weiter auf sie ein, er überschrie das ohrenbetäubende Getöse des Fernsehapparates und versuchte verzweifelt, in ihren unruhigen, traumgeschüttelten Schlaf einzudringen, so lange, bis sein Vater in der Diele im Vorübergehen den unverkennbaren Unterton von Hysterie in seiner Stimme hörte, die Tür aufmachte und nach einem raschen, beunruhigten Blick auf die alte Dame seinen Sohn energisch am Arm faßte und ihn die Treppe hinauf in sein eigenes Bett zurückbrachte.

Noch ist sie nicht tot

»... ein sehr verbreitetes Syndrom ...« hörten sie des Doktors monotone Stimme immer weiter tönen, während Henry ihn zur Tür begleitete. »... wird auch der Freund des Todes genannt ... schwere Entzündung der mukösen Membranen ... mit Beteiligung des Bronchialsystems ... der Kieferhöhlen ... und der Atemwege ... konsekutive Bronchiopneumonie.«

»Na, bitte!« triumphierte Tanja. »*Pneumonie!* Ich hab's ja *gleich* gesagt!« Und mit einiger Genugtuung: »Sie hat sich bei Iwan angesteckt. Wenn sie stirbt, könnte man sagen, Iwan hat sie getötet.«

»Könnte ja, sollte nein«, sagte Natascha. Der Gedanke – weder ein neuer noch ein sehr überzeugender Gedanke –, daß Mrs. Harris sterben könnte, schien sie nicht weiter zu berühren. Sophie sagte, nicht zum erstenmal an diesem Abend:

»Du mußt es Iwan sagen.«

»Noch ist sie nicht tot.«

»Du mußt es ihm sagen, bevor sie stirbt.«

»Vielleicht stirbt sie gar nicht.«

»Du hast doch gehört, was der Doktor gerade gesagt hat. Er hat gesagt, daß Lungenentzündung auch der Freund des Todes genannt wird!«

»Pssst! Sophie, mein Schatz ...«

Sophie verstummte. Ihre Mutter hatte, wie sie wußte, drei Nächte hintereinander an Mrs. Harris' Bett gewacht. Um ihre Augen lagen tiefe Schatten. Sie lehnte, nachlässig in ihren Morgenrock gekleidet, in schlaffer Haltung an der Tür des Küchenschrankes.

»Komm, setz dich. Du siehst erschöpft aus.«

»Ich werde jetzt hinaufgehen und ein Bad nehmen.«

»Ich kümmere mich inzwischen hier unten um alles.«

Natascha sagte: »Das ist lieb von dir«, und fuhr ihr im Hinausgehen leicht über das Haar.

Nicholas hob Lucy hoch, die über ihrer Schüssel kauerte. Er hielt sie auf seinen Knien fest und strich ihr über das Fell. Sie blieb gespannt, die Augen auf den halbvollen Freßnapf gerichtet, bereit, bei der nächsten sich bietenden Gelegenheit wieder hinabzuspringen.

»Sie schnurrt gar nicht. Vielleicht weiß sie, was los ist.«

»Für sie wird es furchtbar«, sagte Tanja. »Das Haus wird schrecklich leer sein, und sie hat keinen warmen Schoß mehr, in dem sie schlafen kann. Sie wird Gran schrecklich vermissen und überhaupt nicht begreifen, was passiert ist.«

»Doch, das wird sie«, sagte Nicholas. »Ich bin

sicher, Haustiere begreifen es, wenn ihr Besitzer stirbt.«

»Noch ist sie nicht tot«, fuhr Sophie ihren Bruder an.

»Wißt ihr noch«, sagte Tanja plötzlich, »wenn wir die Ellenbogen auf dem Tisch hatten, wie sie uns dann mit ihrem Messer drohte und sagte, alles, was an Fleisch auf dem Tisch sei, ob roh oder gekocht, würde tranchiert?«

»Und wie sie sagte, Punker sähen aus wie halb geschabte Möhren?«

»Sie hat doch immer gesagt: ›Kleines Mädchen, malt so schön, lutscht am Pinsel, mag's nicht sehn!‹«

»Ja, und sie hat gesagt, Schlafanzüge dürften nicht zu eng sein, für den Fall, daß man nachts anschwillt!«

Als Henry den Doktor verabschiedet hatte und in die Küche zurückkam, fand er seine Kinder vor, wie sie, von Lachen geschüttelt, umhertaumelten und schrien:

»Wißt ihr noch, wie sie doch tatsächlich in Nicholas' Planschbecken saß, in diesem komischen orangen Badeanzug mit den kleinen Rüschenröckchen?«

»Ja! Ja! Das war in dem Sommer, als alle Leute so braun wurden!«

»Außer den Linpopos, die waren schon vorher braun!«

»Sie nannte sie die kleinen Negerlein!«

»Als George einmal bei uns war, sagte sie zu ihm, er hätte wohl zu lang im Backofen geschmort!«

»Und zu Lavinia sagte sie, sie hätte wohl gerade draußen vor der Tür gestanden, als die Engel alle Haare glattbügelten!«

»Sie hat ein bißchen viel geredet, wenn ihr mich fragt«, sagte Henry, doch niemand nahm Notiz von ihm. Sie tollten durch die Küche, klammerten sich aneinander und schrien einander nieder.

»Wißt ihr noch, wie sie dem neuen Milchmann mit der Flasche eins auf den Kopf gab?«

»Und wie sie den Kriminalinspektor einen kleinen Wichtigtuer nannte?«

»Und wie ihr Tanja ihre neuen Schuhe zeigte und sie sie ›süße kleine Schuhchen‹ nannte und Tanja sie biß und die Schuhe nie mehr anzog!«

»Sie sagte, Mrs. Herbert aus Solomon Street hätte solche O-Beine, daß sie ein Schwein, das zur Tür hereinwollte, nicht mehr aufhalten könnte!«

»Sie sagte, als Nicholas geboren wurde, war er nicht größer als ein halbes Pfund Kernseife nach der großen Wäsche!«

»Sie war so witzig!« sagte Nicholas.

Tanja und Sophie hörten auf zu lachen. Ihre Gesichter wurden lang. Sie sahen Nicholas, der noch immer fröhlich gluckste, verlegen an. Verwirrt brach Nicholas ab und fragte:

»Was habt ihr denn?«

»Noch ist sie nicht tot.«

Geh und sag Iwan ...

Natascha sagte zu Sophie: »Geh und sag Iwan, daß seine Großmutter im Sterben liegt.«

»Sag du es ihm«, erwiderte Sophie erschrocken.

»*Du* sagst es ihm«, sagte Natascha. »Du kannst das am besten.«

Sophie ging hinauf in Iwans Zimmer. Ausdruckslos wie eine riesenhafte Puppe stand sie neben seinem Bett und teilte ihm mit:

»Sie liegt im Sterben. Es ist so gut wie sicher.«

»Wer sagt das?«

»Alle.«

»Wieso? Kann man ihr denn nicht Penicillin oder so etwas geben?«

»So einfach ist das wohl nicht, wenn man so alt ist.«

»Aber sie haben's doch probiert, oder?«

»Ja, natürlich, das schon. Aber es hilft nichts.«

»Sie hatte sich doch nur erkältet, das war alles!«

»Das war alles. Aber dann bekam sie eine Bronchitis, und jetzt ist es eine Lungenentzündung.«

»Irgend etwas muß doch zu machen sein!«

»Wahrscheinlich schon, aber dazu müßte sie ins Krankenhaus, und selbst dann würde es wahrscheinlich nichts nützen.«

»Oh.«

»Und um sie herum wären lauter Schläuche und Nadeln und Gummitücher und fremde Leute und Apparate mit blinkenden Lämpchen.«

»Ja, wahrscheinlich.«

»Ich glaube, sie denken, sie ist alt genug, um –«

»Um was? Alt genug, um was, Sophie?«

»Um Schluß zu machen. Schließlich ist sie fast achtundachtzig.«

»Das ist doch nicht so alt.«

»Es ist sehr alt.«

»Nur wegen einer Erkältung! Einer dummen, lächerlichen Erkältung! Wenn ich mit meiner Erkältung nicht in ihr Zimmer gegangen wäre, nur um das Oma-Projekt fertigzukriegen, wenn ich einfach nicht hineingegangen wäre, dann hätte sie sich nicht angesteckt!«

»Sieh es doch von der positiven Seite. Es hätte auch viel schlimmer kommen können. Deinetwegen hat sie's noch ganz gut erwischt.«

»Wieso ganz gut?«

»Lungenentzündung wird auch der Freund des Todes genannt.«

»Wer sagt das?«

»Alle sagen es. Es ist allgemein bekannt.«

»Ja?«

»Ja.«

»Wirklich?«

»Ja, wirklich.«

Er sah aus, als sei er ein wenig getröstet. Doch dann kroch wieder das nackte Schuldgefühl in ihm empor.

»Wenn es allgemein bekannt ist, warum weiß ich es dann nicht?«

Hochmütig erwiderte Sophie:

»Deine erbärmliche Ignoranz hat mit den Fakten nicht das mindeste zu tun.«

Sie konnte sehen, wie seine Schuldgefühle nach einem letzten Aufflackern endgültig erloschen. Sie hatte sie besiegt. Erleichtert sank er in die Kissen zurück.

»Tut es weh?« wollte er wissen. »Hat sie irgendwelche Schmerzen?«

»Ich glaube nicht. Sie ist gar nicht mehr bei Bewußtsein.«

»Dann weiß sie gar nicht, daß sie stirbt?«

»Nein.«

»Der Freund des Todes?«

»Ja.«

»Dann hat es also keinen Sinn, wenn ich zu ihr gehe?«

»Nein, eigentlich nicht.«

»Ich komme trotzdem runter. Ich möchte gern.«

»Okay. Ich sag' den anderen, daß du gleich kommst.«

»Danke, Sophie. Gute alte Sophie. Danke.«

»Schon gut, Kumpel.«

Sie drehte sich um und ging hinaus. Draußen stand Natascha lauschend auf dem Treppenabsatz, an den Fingernägeln kauend, dünn und müde.

Sie packte ihre Tochter, als sie an ihr vorüberging, und drückte sie fest an sich.

»Siehst du?« zischte sie ihr ins Ohr. »Ich irre mich nie. Du warst die Richtige dafür. Du hast es gut gemacht.«

Am frühen Morgen

Der Tod kam irgendwann in der Nacht. Natascha überlegte, ob sie Henry wecken sollte, beschloß dann aber, es nicht zu tun. Er war genauso müde wie sie. Am nächsten Tag würde viel zu tun sein.

Bis zum frühen Morgen saß sie allein neben der Toten. Dann ging sie still durchs Haus, von einem

Schlafzimmer zum anderen, stellte alle Wecker ab und betrachtete jeden der bunten, lebendigen, atmenden Daunenhügel mit dem gleichen Staunen, mit dem sie alle ihre Kinder nach ihrer Geburt betrachtet hatte.

Tanja, durch das Knarren einer Diele aufgeschreckt, wälzte sich herum, und als sie ihre Mutter mit ernster Miene neben ihrem Bett stehen sah, fragte sie beunruhigt:

»Woran denkst du?«

Natascha sagte:

»Das Leben ist ein Seufzer zwischen zwei Geheimnissen.«

»Uff!« sagte Tanja, erleichtert, daß es nichts Schlimmes war. Sie zog sich die Daunendecke enger um die nackten Schultern und schlief augenblicklich wieder ein.

Um sieben Uhr rief Natascha den Doktor an. Dann saß sie wartend neben dem Telefon und suchte im Branchenverzeichnis nach Beerdigungsinstituten. Ein Unternehmen im oberen Teil der zweiten Spalte fiel ihr sogleich ins Auge, denn es war mit Henrys knallrotem Schul-Markierstift deutlich sichtbar eingekreist.

Natascha dachte an den Tod ihrer eigenen Eltern, die in so weiter Ferne gestorben waren, daß sie kein Bild damit verband und erst Monate später davon erfahren hatte. Sie fuhr mit dem Finger Henrys sorgfältig, pflichtgetreu und mit ruhiger Hand gemalten Kreis nach und wählte dann die Nummer.

Grabesmiene

Als bei der Beerdigung die Grabrede gehalten wurde, hörte Henry aufmerksam zu. Es war eine schöne Rede, fand er. *Der Mensch blüht wie eine Blume. Fährt der Wind darüber, ist sie dahin, der Ort, wo sie stand, weiß von ihr nichts mehr.* Es waren Worte stiller Ergebenheit, fand Henry. *Erde zu Erde, Asche zu Asche, Staub zu Staub.* Und so erhellend: *Wir danken dir von ganzem Herzen, daß es dir gefallen hat, unsere Schwester aus dem Elend dieser sündigen Welt zu erlösen.* Er fragte sich, was bei Begräbnissen in Frankreich gesagt wurde. Und in Deutschland. Er nahm sich vor, am nächsten Tag im Lehrerzimmer Madame Rollet und Herrn Blüchner zu fragen. Natascha nach der russischen Version zu fragen hatte keinen Zweck; sie würde nicht die leiseste Ahnung haben. Er würde es selbst nachschlagen müssen.

Nicholas sah auf die Uhr, wie lange das Begräbnis dauerte. Es waren zwanzig Minuten. Er vermutete, daß der Pfarrer die Zeremonie ein wenig beschleunigte, weil es regnete und Natascha in ihren unvernünftig dünnen Kleidern binnen weniger Minuten blaugefroren war. Nicholas berechnete während der Beerdigung den Rauminhalt der Grube, die die Totengräber ausgehoben hatten. Dann rechnete er aus, wie viele Schaufeln Erde sie dazu benötigt hatten, wobei er für die Anzahl der Schaufeln pro Kubikmeter unterschiedliche Schätzungen zugrunde legte. Danach versuchte er, verstohlen um sich blickend, die Zahl der Gräber auf dem Friedhof zu schätzen. Er schielte nach der nächstgelegenen Reihe und versuchte zu ermitteln, wieviel Prozent Doppelgräber oder ganze Familiengräber waren und daher in seiner Berechnung mehrfach zählen mußten. Er verrenkte sich den Hals, so lange, bis er merkte, daß sein Vater ihn starr ansah. Von da an blickte er unauffälliger umher, um nicht den Eindruck zu erwecken, er höre nicht zu. Er stand gerade im Begriff, in etwa zu errechnen – was ziemlich entmutigend war –, wie viele Schaufeln Erde in der Geschichte des Friedhofs je bewegt worden waren, da hörte der Pfarrer zum Glück auf zu reden.

Tanja hatte nie zuvor einen Sarg gesehen, außer in vorbeifahrenden Leichenwagen. Sie hatte ihren Vater sagen hören, er habe den billigsten Sarg bestellt, und sich daher eine dünne Sperrholzkiste mit rauhen Kanten vorgestellt. Der Sarg aber war aus cremefarbenem, gemasertem Holz und hatte glänzende Messinggriffe und ein Messingschild. Unfähig, das Ende abzuwarten, flüsterte sie Henry deshalb mitten in der Zeremonie zu:

»Er sieht gar nicht billig aus.«

»Er war auch nicht billig.«

»Aber du hast doch gesagt, du nimmst den billigsten.«

»Es *war* der billigste. Ich habe nicht gesagt, daß er *billig* war.«

»Er sieht teuer aus.«

»Er war auch teuer.«

»Das ist doch ungerecht. Einen Sarg *muß* man doch haben. Was machen denn die armen Leute?«

»Tanja, wir sind hier auf dem Bonnington-Friedhof und nicht an der Hyde Park Corner.«

»Aber Dad –«

»Schsch, Tanja. Schschsch!«

Natascha blickte über das offene Grab hinweg zu Henry hinüber, der seinen besten Anzug trug. Er zog ihn nur zu Hochzeiten, Beerdigungen und Einstellungsgesprächen an, und sie hatte ihn seit Jahren nicht darin gesehen. Als der Wind sich leise ostwärts drehte, trug er den Geruch nach Mottenkugeln nicht mehr zu ihr herüber. Der Regen hatte Henrys Haare angeklatscht, so daß sie die kleine kahle Stelle überdeckten. Alles in allem sah er recht passabel aus, fast so gut wie damals, als sie ihn vor vielen Jahren auf einer Versammlung der Sozialisten kennengelernt hatte. Natascha beschloß, sich jetzt, da sie frei war, endlich die Zeit zu nehmen und sich einen Job zu suchen, sich den Atomkraftgegnern anzuschließen, ein Fernstudium aufzunehmen und sich neue Unterwäsche zuzulegen. Vielleicht würde sie Sophie in die Stadt mitnehmen und sie zu einem schönen Essen einladen. Noch nie hatten sie Gelegenheit gehabt, gemeinsam einkaufen zu gehen.

Sophie sah, daß Iwan, der noch nicht wieder bei Kräften war, mit den Tränen kämpfte. Sie wandte ihm den Kopf zu und flüsterte:

»Du machst eine wahre Grabesmiene.«

Sie zwinkerte ihm zu, und er zwinkerte zurück.

Helles Elfenbein

Natascha sah sich zum zwanzigstenmal im Zimmer um und sagte:

»Elfenbein. Helles Elfenbein. Keine Diskussionen mehr. Ich bestehe darauf.«

»Rot«, bettelte Tanja, »*bitte*!«

Iwan und Sophie spielten ein albernes, regelloses

Spiel, bei dem sie Farbmusterkarten auf dem Boden hin und her schoben.

»Schnapp!« rief Sophie.

»Und?«

»Herbstfarben.«

»Also nochmal: schnapp! Kieselgold.«

»Okay.«

»Pssst! Ruhe! Ich muß nachdenken.«

»Können wir nicht wenigstens das Regal rot streichen?«

»Pssst! Geh weg.«

»Es ist doch jetzt auch unser Zimmer.«

Natascha ließ sich in den alten Lehnstuhl fallen.

»Ruft die Heilsarmee an«, sagte sie. »Sie sollen kommen und den ganzen Krempel mitnehmen.«

»Das Bett kannst du doch nicht weggeben! Es ist viel besser als meins. Meins fällt schon halb auseinander.«

»Die Kommode würde bei mir hinter die Tür passen. Ich brauche mehr Platz.«

»Den Spiegel darfst du nicht weggeben; Nicholas hat keinen.«

»Ich will aber, daß alles wegkommt. Alles. Bis auf den letzten Rest. Auch die Bilder an den Wänden und die Wollsachen in den Schubladen.«

»Meine Poster wirfst du nicht weg! Ich will sie wiederhaben!«

»Dann nimm sie.«

»Granny hat mir ihre ganzen Porzellanfigürchen versprochen!«

»Nimm sie. Der Rest kommt weg. Heute noch.«

»Heute?«

»Jetzt gleich. Auf! Sophie, pack sofort diese dämlichen Karten weg. Bringt das Zeug hier samt und sonders raus in die Garage. Wenn ich wiederkomme, ist das Zimmer leer, und die Teppiche sind aufgerollt.«

»Wo gehst du denn hin?«

»Weg. Farbe kaufen.«

»Rot. Rot, *bitte*. Rot!«

»Helles Elfenbein, und damit basta.«

Ohne sie

Als Miss Ballantyne auf einem Korridor der Schule mit Iwan allein war, gab sie ihm das hellrote Heft mit dem Oma-Projekt zurück.

»Eine ausgezeichnete Arbeit. Ganz ausgezeichnet. Und ich darf sagen, ein enormer Arbeitsaufwand, dafür, daß es nur eine Trimesterarbeit war.«

»Ach, na ja«, sagte Iwan, »wissen Sie –«

»Damit hast du das Fiasko von neulich mehr als

wettgemacht. Das war ja wohl auch deine Absicht.«

»Eigentlich nicht«, sagte Iwan. »Irgendwie bin ich so in Fahrt gekommen –«

»Nun, ich fand das alles hochinteressant.«

»Ich auch. Es hat mich wirklich interessiert.«

»Ja.«

Iwan stand da und wartete, wie Miss Ballantyne sich aus der Affäre ziehen würde, doch da rückte sie schon damit heraus:

»Wie ich höre, ist deine Großmutter letzte Woche gestorben.«

»Ja.«

»Das tut mir sehr leid.«

»Schon gut. Sie war schon ziemlich alt. Siebenundachtzig, fast achtundachtzig. Alt genug, um Schluß zu machen.«

»Ja, ich denke schon ...«

»Und es war auch nicht schlimm. Sie hatte noch Glück. Sie hatte eine Lungenentzündung. ›Der Freund des Todes‹, wie man es auch nennt.«

»Das wußte ich gar nicht.«

»Nein?« Er klang überrascht. »Das ist allgemein bekannt.«

»Ja?«

»Ja, wirklich.«

»Nun, wie dem auch sei, als ich dein Oma-Projekt las, konnte ich mir vorstellen, daß ihr beide euch sehr nahegestanden habt. Es muß schlimm für dich sein. Sie wird dir fehlen.«

»Eigentlich nicht«, sagte Iwan. »Eigentlich ist es ganz schön ohne sie, für mich jedenfalls.«

»Oh.«

Iwan trat von einem Fuß auf den anderen und sah unruhig zur Wanduhr hoch. Es hatte schon zum zweitenmal geklingelt, und er kam zu spät.

Miss Ballantyne sagte:

»Nun gut. Dann geh nur.«

»Danke.«

»Und – gut gemacht, Iwan. *Wie* gut, das wirst du dann in deinem Zeugnis sehen. Ich denke, du wirst zufrieden sein.«

»Danke.«

»Nun gut, dann geh nur.«

»Ja, gut.«

Er ging, und sie blieb noch eine Weile stehen und sah ihm nach.

Ein Eisbecher

»Weißt du, was«, sagte Sophie zu Tanja, »als die Porzellanfiguren auf Omas Frisierkommode standen, fand ich, sie sahen schrecklich aus. Ganz schrecklich. Irgendwie billig und scheußlich. Ich konnte mir gar nicht denken, warum du sie haben wolltest. Ich dachte, du bist verrückt. Aber jetzt, so wie sie hier in deinem Zimmer stehen, so sauber und glänzend, finde ich sie wunderschön. Ich wollte, ich hätte auch welche. Sie sind wirklich niedlich.«

»Nimm dir eins«, sagte Tanja.

»So hab' ich das nicht gemeint«, sagte Sophie.

»Ja, ja, ich weiß. Aber trotzdem. Nimm dir eins. Such dir eins aus. Komm, mach schon.«

»Nein. Sie gehören doch zusammen. Behalte du sie.«

»Bitte, nimm dir eins«, sagte Tanja. »Mir wäre es sogar lieber, ich hätte sie nicht alle. Wenn ich nur einen Teil behalte, ist mir wohler.«

»Na gut, wenn du meinst...«

Sophie strich durch das Zimmer und besah sich die Nippesfigürchen. Vor einem winzig kleinen Porzellan-Eisbecher mit einer Kirsche obendrauf und einem silbernen Löffelchen blieb sie stehen.

»Kann ich den haben? Oder ist er einer von deinen Lieblingssachen?«

»Er gefällt mir, ja, aber einer von meinen Lieblingssachen ist er nicht. Du kannst ihn haben.«

»Ganz bestimmt?«

»Ja.«

»Gut. Dann nehm' ich den.«

Sie nahm ihn in die Hand, und Tanja sagte: »Ich hätte nie gedacht, daß du dir *den* aussuchst.«

»Warum nicht?«

»Er ist gar nicht so –« Sie fand das passende Wort nicht und zuckte nur die Schultern.

»Grannymäßig?«

»Ja. Genau.«

»Ja, mag sein.«

»Ich kann mir nicht vorstellen, daß sie in ihrem ganzen Leben jemals einen Eisbecher gegessen hat.«

»Vielleicht doch. Vielleicht hat sie einmal einen gegessen und fand ihn so phantastisch, daß sie sich den hier gekauft hat, als Erinnerung.«

»Wir hätten sie danach fragen sollen.«

»Ja.«

»Schade, daß wir's nicht getan haben.«

»Stimmt.«

»Jetzt ist es zu spät.«

»Naja, macht nichts. So wichtig ist es nun auch wieder nicht.«

»Nein, aber ...«

Sherlock Holmes im Fernsehen

Nicholas drehte unablässig an der dünnen, silbernen Fernsehantenne, doch das Bild wurde nicht besser. Der verschwommene Sprecher sagte zu ihm:

»Auf BBC 2 sehen Sie nun einen weiteren Film aus unserer Sherlock-Holmes-Reihe.«

Verzweifelt schaltete Nicholas den Apparat aus, rannte durch die Diele, stürmte ins Zimmer und rief:

»Granny! Granny, schaust du dir Sherlock Holmes an?«

Der Geruch der Farbe und die blendende Helligkeit ließen ihn erstarren. Die gardinenlosen Fenster wirkten riesig, der Boden war ohne die Teppiche eine weite Fläche. Es war ein fremder Raum.

Er trat wieder in die Diele hinaus und stieß mit Henry zusammen. Er schrie ihn an:

»Wo ist der andere Fernseher, verdammt nochmal?«

Henry sah ihn entgeistert an. Noch nie hatte er seinen Sohn fluchen hören.

»*Was* hast du gerade gesagt?«

Nicholas stampfte mit dem Fuß auf und schrie erneut: »Wo habt ihr ihn hingetan, verdammt nochmal?«

»Wo haben wir was hingetan?«

»Den anderen Fernseher. Der hier drin war. Den Ersatzfernseher.«

»Grannys Fernseher?«

»Ja.«

»Den haben wir ins Geschäft zurückgebracht. Er war nur geliehen.«

Nicholas brach in Tränen aus.

»Was ist denn los?« fragte Henry. Er legte seine Hand auf Nicholas' Schulter, doch Nicholas schüttelte sie zornig ab.

Henry blickte an seinem Sohn vorbei in den hellen, luftigen, leeren Raum. Er nahm den frischen Farbgeruch wahr.

»Du hast wohl nicht mehr daran gedacht.«

»Ich hab' *wohl* daran gedacht!« schrie Nicholas. »Ich hab' *sehr wohl* daran gedacht! Ich will nur Sherlock Holmes sehen! Ich *verpass'* es ja! Ich verpasse ja den *Anfang*!«

Er rannte zurück ins andere Zimmer. Krumm und bucklig saß er dicht vor dem Bildschirm, wo er nicht sitzen durfte. Auf das verschwommene, verzerrte Bild mußte er sich doppelt konzentrieren, bis Henry, der ihm gefolgt war, es etwas besser einstellen konnte.

Kumpel

Sophie und Iwan standen wenige Schritte vom Grab entfernt Seite an Seite auf dem Rasen. In der Ferne, am anderen Ende des Friedhofes, machten Tanja und Nicholas Bocksprünge über die Grabsteine und stachelten einander lauthals an. Natascha war Henry um die Friedhofskapelle herum gefolgt, um den Eimer wieder unter den Wasserhahn zu stellen.

Sophie sagte: »Iwan, wenn Granny nicht gestorben wäre und wir noch einmal von vorn anfangen könnten, wärst du dann immer noch dafür, sie zu Hause zu behalten?«

»Ja«, sagte Iwan.

»Genau wie gehabt?«

»Nein, nicht genau wie gehabt. Nicht so, daß sie die ganze Arbeit machen und sich nur darüber ärgern. Oder daß ich alles mache. Ich wäre für die letzte Regelung, den Plan, den ihr zusammen ausgearbeitet habt, bevor sie krank wurde.«

»Den Kompromiß?«

»Genau. Für den würde ich stimmen.«

»Ich auch. Ich glaube, das würden wir alle. Der Plan war gut. Er hätte funktioniert. Wir hätten früher daran denken sollen.« Sie trat verdrießlich gegen ein Grasbüschel und setzte hinzu: »Wenn wir früher daran gedacht hätten, dann hätte ich ganzen Lügen zu erzählen brauchen. Wir waren so dumm!«

»Stimmt. Wir waren dumm.«

»Sehr dumm.«

»Ein Trost ist nur, daß wir nie wieder so dumm sein werden.«

»Meinst du?«

»Ja. Weil ich es zu meinem Beruf machen werde.«

»Zu deinem Beruf?«

»Ich werde Schlichter. Ich glaube, ich habe mich entschieden. Das ist eine Möglichkeit, die Dinge besser zu machen, die nicht zu traurig und nicht zu langwierig ist. Ich habe in letzter Zeit viel darüber nachgedacht. Ich arbeite mich in den Gewerkschaften nach oben –«

»Wie Großvater.«

»Ja, wie Großvater. Aber weiter nach oben. Heute liegen die Probleme sowieso anders. Heute ist Kooperation angesagt, nicht Konfrontation. Ich werde Mitglied einer nationalen Schlichtungskommission. Ich werde mir meinen Lebensunterhalt damit verdienen, daß ich Dinge in Ordnung bringe. Zum Beispiel, ob Oma ins Heim hätte gehen sollen oder nicht, und noch viel kompliziertere Dinge.«

»Das würdest du bestimmt gut machen.«

»Ich glaub' schon.«

»Bestimmt.«

Sophie sah zu Tanja und Nicholas hinüber, die noch immer über einen Grabstein nach dem anderen hüpften.

»Iwan, glaubst du, man kann ein Lebensziel haben?«

»Nein, eigentlich nicht.«

»Aber du hast dich doch entschieden, was du später einmal machen willst.«

»Das ist kein Lebensziel. Ich dachte nur, ich könnte versuchen, die Dinge ein bißchen besser zu machen.«

»Das ist doch ein Ziel.«

»Ja, vielleicht.«

»Also hast du ein Lebensziel.«

»Ja, mag sein.«

»Eine Art Projekt fürs Leben.«

»Sag das bloß nicht Natascha, sonst dreht sie mir den Hals um.«

Sie lachten.

Sophie blickte wieder auf das Grab, das unter den tief herabhängenden Zweigen einer riesigen Eibe lag. Es hatte noch keinen Grabstein, denn der Erdhügel mußte sich erst setzen; darüber verstreut aber lagen Blumensträuße, die die frisch ausgehobene, nackte Erde zudeckten.

»Ich möchte wissen, warum sie hier überhaupt etwas gepflanzt haben. Hier wird keine einzige Blume wachsen, dafür ist es viel zu schattig. Die Eibe läßt keinen Sonnenstrahl durch.«

Sophies Blick wanderte vom Grab in das dunkle, ausladende Geäst des riesenhaften Baumes empor, Stufe um Stufe, bis zur Spitze.

»Iwan!« rief sie entsetzt. »Iwan! Weißt du, was passieren wird? Sie liegt sechs Fuß tief hier begraben. Das ist so vorgeschrieben, also *müssen* es sechs Fuß sein. Sie liegt mitten zwischen den Baumwurzeln begraben! Ist dir klar, was mit Granny passieren wird? Sie wird von dem Baum aufgesogen!«

Iwan fühlte sich elend. Er sah zu Boden, um Zeit zu gewinnen und sich davon zu überzeugen, daß Sophie recht hatte. Dann blickte er wieder auf. Der Baum türmte sich gewaltig, alt und majestätisch über ihnen auf. Er machte sie, die Lebenden, zu Zwergen und führte die Idee, der kleine, tote Körper einer alten Dame könnte ihm widerstehen, ad absurdum.

Iwan holte tief Atem und kämpfte die aufsteigende Übelkeit nieder.

»Das würde ihr gefallen«, sagte er, so ruhig er konnte.

»Gefallen?«

»Ganz bestimmt.«

Er tröstete seine Schwester wegen des Grabes, so wie sie ihn wegen der Lungenentzündung getröstet hatte. »Ich bin sicher, es würde ihr gefallen. Warum auch nicht? Sie hat mir einmal gesagt, sie habe es gern, sich als ein Teil der Dinge zu fühlen. Ich glaube, es würde sie sehr freuen, Teil eines Baumes zu sein.«

»Meinst du?«

»Ja, allerdings.«

»Wirklich?«

»Ja.«

Er sah, daß sie noch zweifelte, und fügte hinzu:

»Ganz sicher. Gar keine Frage.«

Da war sie getröstet.

»Dann ist es gut.«

Sie standen Seite an Seite und sahen Henry und Natascha endlich wieder neben der Kapelle auftauchen. Als sie näherkamen, pfiff Henry zu Tanja und Nicholas hinüber, die ihnen daraufhin über die Grabsteine hinweg entgegenhüpften.

Im letzten Moment sagte Iwan hastig:

»Sag ihnen nichts davon. Sprich nicht darüber. Sag auf der Heimfahrt kein Wort davon. Ich könnte es nicht ertragen.«

Und Sophie erwiderte vergnügt:

»Okay, Kumpel.«

Anne Fine im Diogenes Verlag

Die Stein-Menagerie

Roman. Aus dem Englischen
von Karin Polz

Ally ist zehn und hat dauernd Streit mit seiner gereizten Mutter, ist seinem Vater, der alles für ein »ruhiges Dasein« geben würde, ein Dorn im Auge und muß zu allem Überdruß auch noch jeden Sonntag die unglückliche Tante Chloe mit seinen Eltern im Irrenhaus besuchen. Jeden Sonntag dasselbe – Ally ärgert sich über diese sinnlose Zeitverschwendung. Bis er eines Tages durch ein Fenster des Irrenhauses eine kleine Gestalt erblickt, die in einem geheimnisvoll überwucherten Landstück am andern Ende des Anstaltsgeländes wandelt…

»Ein kleines Buch, aber es steckt eine Menge drin zum Auslegen und Deuten, zum Weiterspinnen – es ist eines dieser großen, sorgfältig gemalten Bilder, bei denen man sich im Detail verlieren kann.«
Rias, Berlin

»Ein trauriges Thema, aber alles andere als ein trauriges Buch. Ein originelles, ergreifendes und unterhaltendes kleines Werk, das Sie sich gönnen sollten – egal, wie alt Sie sind.« *Times Education Supplement, London*

»Sehr anschaulich und eindrucksvoll geschildert, in lebendigen Szenen, die auch Jugendlichen leicht zugänglich sind.« *ORF, Wien*

Der Neue

Roman. Deutsch von Ursula Kösters-Roth

Es ist Abneigung auf den ersten Blick. Kitty sieht ihn, haßt ihn und nennt ihn fortan nur noch ›Glubschauge‹. Was immer er auch tut, um mit ihr in Kontakt zu kommen, Kitty bleibt ihrer Abneigung treu. Sie läßt welke Efeublätter in sein Glas rieseln, versteckt seine Bücher und beschreibt ihn in ihrem Schulaufsatz unter dem Thema ›Was ich am meisten hasse‹. Kitty nervt, so gut sie kann. Aber ›Glubschauge‹ quittiert alles mit unendlicher Geduld und riesigen Schachteln mit Pfefferminztalern. Nur die andauernde Erwähnung von Simon, seinem Vorgänger, macht ihn allmählich nervös – denn schließlich ist er der neue Liebhaber von Kittys Mutter.

»*Der Neue* ist ein Hit: witzig, geistreich, feinfühlig und warmherzig… Ein wunderschönes Buch.«
The Guardian, London

»Anne Fines kleine Romankomposition ist voller Raffinesse. Mit faszinierender Leichtigkeit hat sie ihrer Erzählung ein Spannungsmoment verliehen, das all die witzigen Details zu einem Ganzen macht. Very fine, Anne.« *Reinhard Osteroth/Die Zeit, Hamburg*